Das alte Haus hinter dem Deich

Ich erwachte stöhnend aus dem Schlaf und versuchte meinen Alptraum zu verdrängen. Ich hoffte, dass er sich verflüchtigte, wenn ich einfach die Augen öffnete.

Aber er war hartnäckig. Als ich es endlich schaffte, die Lider zu heben, wurde mir schmerzhaft bewusst, dass es gar kein Alptraum war.

Es war die Wahrheit, dass mich der Mann, mit dem ich fast ein Jahr eine Beziehung hatte, belogen und betrogen hatte.

Mir kamen die Tränen. Ich schluchzte laut. Ich drehte mich um und sah in Markus lachendes Gesicht. Ich hatte es noch nicht geschafft, das Foto von ihm, das auf meinem Nachttisch stand, wegzuräumen.

Wie konnte ich so blind sein und wie konnte er mich die ganze Zeit so hintergehen?

Ich quälte mich aus dem Bett. Als ich an meinem Schminktisch mit dem Spiegel vorbeikam, blickte mich ein trauriges und verweintes Gesicht an. Meine dunklen Locken, die ich von meinem spanischen Vater geerbt hatte, hingen in Strähnen um mein blasses Gesicht. Meine blauen Augen waren vom Weinen gerötet. Meine Nase lief. Ich schniefte und ging in die Küche, um mir einen Kaffee zu kochen.

Das Wasser gluckerte durch die Kaffeemaschine und verströmte einen leckeren Duft. Ich nahm meinen Lieblingskaffeebecher aus dem Schrank. Leonie, mein Name, stand auf dem Becher. Ich hatte ihn einmal von meiner besten Freundin Sarah bekommen.

Mit dem Becher in der Hand ging ich in mein Arbeitszimmer. Als selbständige Übersetzerin konnte ich von Zuhause aus arbeiten. Zurzeit übersetzte ich einen Roman von spanisch nach deutsch. Da ich zweisprachig aufgewachsen bin, war Übersetzerin schon früh mein Berufswunsch gewesen.

Meine Eltern lebten jetzt in Spanien. Mein Vater hat sich seinen großen Wunsch erfüllt und einen kleinen Bauernhof mit einer wunderschönen Finca gekauft.

Meine Mutter hatte am Anfang großes Heimweh, aber mittlerweile will sie auch nicht wieder in das kalte Deutschland zurück.

So sah ich meine Eltern immer im Spätsommer, wenn ich meinen Urlaub bei ihnen verbrachte.

Ich klappte mein Laptop auf und setzte mich zögernd an den Schreibtisch. Ich schaute auf den Monitor und mir war klar, dass ich heute nicht arbeiten konnte. Ich nahm mein Handy und wählte Sarahs Nummer.

Sie meldete sich sofort. „Hallo Liebes!" sagte sie auch gleich. „Wie geht es Dir?"

Mir kamen erneut die Tränen.

„Ich kann es immer noch nicht glauben, dass Markus mich so hintergangen hat", antwortete ich schluchzend.

„Das kann ich mir vorstellen. Markus ist ein widerlicher Lügner!" In Sarahs Stimme konnte ich die Verachtung hören.

„Wie konnte ich all die Zeit nicht merken, dass er verheiratet ist? Ich dachte immer, dass mir so etwas nie passiert. Wie man sich irren konnte!"

„Soll ich zu Dir kommen?" fragte Sarah.

„Das ist lieb von Dir. Ich kann heute wirklich nicht allein sein", antwortete ich leise.

Eine halbe Stunde später klingelte es. Ich öffnete die Tür und sah Sarah die Treppe hinauf eilen.

„Ich habe uns etwas mitgebracht!" sagte sie und schwenkte eine Flasche Eierlikör vor meiner Nase.

Sarah und ich kannten und schon seit der Kindheit. Wir wohnten damals in der gleichen Straße. Wir teilten unsere Sorgen und später auch den ersten Liebeskummer. Wir konnten uns immer auf die Andere verlassen.

Sie war seit ein paar Jahren mit Max zusammen. Er ist ein lieber Mensch und passt ideal zu Sarah. Ich hatte ihn schnell in mein Herz geschlossen.

Ich ging an den Wohnzimmerschrank und nahm zwei Likörgläser hinaus.

„Der Eierlikör ändert zwar nichts an der Situation, aber Rituale soll mal bewahren!" sagte Sarah. Immer wenn Eine von uns Probleme hatte, dann gab es ein Likörchen.

Wir prosteten uns zu und setzten uns dann auf meine Couch.

„Es tut mir so leid!" Sarah nahm meine Hand. „Wie hast Du denn erfahren, dass Markus verheiratet ist?"

„Seine Frau hat mich angerufen", antwortete ich. Sie hatte Markus Sachen und sein Handy durchsucht und unsere Nachrichten gefunden. Ich war wie vor den Kopf gestoßen. Ich dachte erst, es sei ein böser Scherz, aber sie hat mir ein Foto ihrer Hochzeit geschickt."

Ich nahm mein Handy und zeigte Sarah das Foto. Sie schüttelte wütend den Kopf.

„Unglaublich! Wie konnte er es die ganze Zeit verbergen?"

„Ich habe ihm geglaubt, wenn er sagte, dass er als Chef einer großen Firma wenig Zeit für mich hatte", antwortete ich.

„Seine Frau ist beruflich auch viel unterwegs. Sie ist Flugbegleiterin. Das hat sie mir bei unserem Telefonat gesagt. Deshalb ist er auch so lange damit durchgekommen!"

Sarah goss uns einen weiteren Eierlikör ein. „Wann hast Du Markus darauf angesprochen?" wollte sie wissen.

„Gestern Abend! Er war ziemlich gefasst, als ich ihm erzählt habe, dass ich mit seiner Frau telefoniert habe. Entweder wusste er schon Bescheid, oder es war nicht das erste Mal, dass er seine Frau betrogen hat!" sagte ich bitter.

Sarah tätschelte meine Hand und trank ihr Glas leer. Dann sagte sie seufzend:

„Leonie, Du hast einfach kein Glück mit Männern. Du tust mir so leid!"

Sie hatte Recht. Markus war nicht mein erster Fehlversuch.

Davor gab es Steffen, der ein furchtbarer Egoist war und Thomas, der mich mit seiner Eifersucht in den Wahnsinn getrieben hatte. Es war zum Verzweifeln. Ich hatte kein gutes Händchen bei der Wahl meiner Freunde.

„Was soll ich denn machen? Anscheinend gibt es keinen passenden Deckel für mich."

Ich schaute zu Sarah hinüber. Die schüttelte den Kopf und antwortete:

„Das ist doch Quatsch. Irgendwo wartet dein Traummann. Man kann halt nichts erzwingen."

Wir saßen noch eine ganze Weile zusammen. Das Gespräch mit Sarah tat mir wie immer gut. Aber meine Enttäuschung saß tief. Vor allem aber hatte ich Wut auf mich selbst. Ich nahm mir vor, beim nächsten Mann alles anders zu machen. Vor allem wollte ich nicht mehr so gutgläubig sein.

Am frühen Nachmittag musste Sarah wieder gehen. Sie ist Fotografin und hatte noch einen Termin mit einem Brautpaar. Die letzten Details sollten noch besprochen werden.

Ich war wieder allein und wollte mich irgendwie ablenken. Also setzte ich mich wieder vor mein Laptop und versuchte etwas zu arbeiten. Eine halbe Stunde ging es auch gut voran, aber dann klingelte das Telefon.

Ich kannte die Nummer des Anrufers nicht.

„Hallo?" sagte ich. Ich nannte nie meinen Namen, wenn ich den Anrufer nicht kannte.

„Spreche ich mit Frau Leonie Hernandez?" fragte eine Männerstimme.

„Ja. Am Apparat!" sagte ich vorsichtig.

„Guten Tag! Mein Name ist Jonas Dieken. Ich bin Notar und Rechtsanwalt aus Bremerhaven. Ich vertrete Frau Petersen. Das ist doch ihre Tante?" wollte der Mann wissen.

„Frau Petersen ist eigentlich die Cousine meiner Mutter. Ich habe sie aber immer Tante genannt", sagte ich. „Was ist denn mit ihr?"

„Frau Petersen ist vor einer Woche im Hospiz verstorben", kam die Antwort.

Ich musste erst einmal verarbeiten, was ich da gerade gehört hatte. Tante Petersen ist gestorben? Ich hatte keine Ahnung, dass sie krank war.

Wir hatten in der letzten Zeit wenig Kontakt, aber als Kind habe ich es geliebt, wenn wir sie besucht haben. Sie hatte ein kleines Haus mit Reetdach, direkt am Meer.

Als Kind hatte ich viele Tage auf dem Deich und im wunderschönen Garten des Hauses verlebt. Tante Petersen war nie verheiratet gewesen und eine etwas eigenartige Frau.

Sie hatte wenig Kontakt zur Familie. Aber zu mir war sie immer sehr liebevoll.

„Entschuldigung, aber ich bin sehr erschrocken. Ich hatte keine Ahnung wie schlecht es Frau Petersen ging." sagte ich.

„Sie wollte nicht, dass jemand aus der Familie informiert wird. Sie hatte Krebs. Es ging letztendlich alles sehr schnell", antwortete Herr Dieken.

„Wann ist denn die Beerdigung?" wollte ich wissen.

„Es gibt keine Beerdigung! Frau Petersen ist schon in einem Friedwald beigesetzt worden. Das war ihr letzter Wille."

Ich wurde auf einmal sehr traurig. Ich hätte Tante Petersen gern noch einmal gesehen um mich von ihr zu verabschieden. Mir kamen die Tränen.

„Ich rufe aber wegen einer anderen Angelegenheit an", unterbrach der Notar meine Gedanken.

„Frau Petersen hat ein Testament hinterlassen. Sie hat Ihnen ihr Haus am Meer vererbt."

Ich hörte wie Herr Dieken mit einem Papier raschelte.

„Ich habe sie heute auch angeschrieben. Sie können es sich überlegen, ob sie das Erbe antreten möchten. Es gibt auch noch etwas Bargeld und Schmuck. Wenn Sie das Erbe antreten möchten, brauche ich Ihre Unterschrift. Dann müssten wir uns in meiner Kanzlei zusammensetzen."

Ich war immer noch wie vor den Kopf gestoßen. Ich nickte, obwohl der Notar das am Telefon gar nicht sehen konnte.

„Haben Sie alles verstanden Frau Hernandez?" fragte Herr Dieken.

„Ja, natürlich. Ich kann das alles nur noch gar nicht glauben!"

„Das ist doch verständlich. Lassen Sie sich Zeit mit der Entscheidung und rufen Sie mich an. Wir vereinbaren dann einen Termin."

Herr Dieken hinterließ mir noch einmal seine Kontaktdaten und legte dann auf.

Mir wurde auf einmal ganz heiß. War das alles denn wahr? Wenn ja, dann war ich jetzt Eigentümerin eines wunderschönen alten Hauses. Ich war ganz durcheinander und entschloss mich, meine Eltern anzurufen.

„Leonie, mein Schatz! Schön von Dir zu hören. Wie geht es Dir?" Meine Mutter hatte schon beim zweiten Klingeln abgehoben.

„Ach Mama, in den letzten Tagen ist mein Leben etwas aus der Spur geraten!" antwortete ich traurig.

Erst erzählte ich Ihr von der Trennung von Markus und dann von dem Telefonat mit dem Notar. Ich hörte wie meine Mutter tief atmete, bevor sie sagte:

„Das mit Markus ist ja ein starkes Stück. Dein Vater hat ihn ja nie gemocht.

Jetzt wird er wieder sagen: Ich hab es gleich gewusst!" Meine Mutter seufzte.

„Das Mariechen gestorben ist, tut mir sehr leid. Sie hatte es nicht leicht im Leben. Aber das sie

Dir das Haus vermacht hat, ist doch wunderbar. Das ist ja wie ein Zeichen, dass Du Deinem Leben eine Wendung geben solltest!"

„Wie meinst Du das?" fragte ich irritiert.

„Vielleicht solltest Du der Stadt den Rücken kehren. Arbeiten kannst Du doch von überall aus. Du hast doch das alte Haus immer so geliebt!"

„Ich? Auf dem Land in einem kleinen Dorf?" fragte ich entsetzt. „Dann muss ich ja alle Freunde zurück lassen."

„Wie viele Freunde hast Du denn außer Sarah?" fragte jetzt meine Mutter.

Mir wurde auf einmal schmerzhaft bewusst, dass sie Recht hatte.

Nach der Trennung von meinen früheren Partnern hatte ich jedes Mal auch die meisten unserer gemeinsamen Freunde verloren. Geblieben war mir immer nur Sarah.

„Du musst Dich ja nicht sofort entscheiden!" hörte ich meine Mutter sagen.

„Ich muss erst einmal darüber schlafen. Das kam jetzt wirklich aus heiterem Himmel. Ich bin nur traurig, dass Tante Petersen so allein gestorben ist."

„Da hast Du Recht Leonie. Aber sie war ja schon immer etwas seltsam. Keiner konnte hinter ihre Fassade schauen. Ich denke sie hatte ein Geheimnis", antwortete meine Mutter.

„Ich halte Euch auf dem Laufenden. Grüße Papa lieb von mir!" sagte ich.

„Natürlich mein Schatz. Ich richte es Papa gleich aus. Hasta luego. Te quiero!" antwortete meine Mutter auf Spanisch.

Ich musste lächeln und verabschiedete mich ebenfalls.

Ich legte das Handy auf den Tisch und nahm mir noch einen Eierlikör. Den hatte ich mir jetzt wirklich verdient.

Bei dem Gedanken, dass ich dieses wunderschöne Haus geerbt hatte, musste ich plötzlich lächeln. Wie gern war ich früher durch die kleinen, etwas niedrigen Zimmer gegangen und hatte die vielen Dinge, die Tante Petersen gesammelt hatte, bewundert.

Am liebsten war ich in der Küche. Es gab einen alten Bauernschrank mit Geschirr. Gegessen haben wir dann an einem wuchtigen Tisch. Die Bank und die Stühle hatte Tante Petersen auf einem Flohmarkt erstanden. Dazu hatte sie blau-weiße Kissen und Tischdecken genäht. An den Wänden hingen Bilder vom Meer und Fischerbooten. Was mich aber am meisten faszinierte, war das Foto von einem jungen Mann in Marineuniform. Als ich meine Tante einmal fragte wer das sei, sagte sie, sie wisse es nicht. Das Foto war angeblich von den Vorbesitzern. Ich habe ihr das nie so richtig geglaubt. Warum sollte man das Foto eines Fremden aufhängen?

Als ich sie darauf ansprach, lächelte sie und sagte: „Darunter ist ein Fleck an der Wand.

Wenn ich das Foto abhänge, kann man ihn sehen. Da ist mir das Foto lieber!"

Ich hatte tatsächlich für eine Weile meinen Kummer vergessen. Jetzt ging ich ins Schlafzimmer und nahm Markus Foto vom Nachttisch. Ich öffnete den Rahmen und nahm das Foto hinaus. Ich schaute noch einmal auf Markus wirklich attraktives Gesicht und sagte dann: „Du hast mich zutiefst enttäuscht. Mir tut vor allem deine Frau leid. Du bist keine weiteren Tränen mehr wert."

Dann zerriss ich das Foto in unzählige Fetzen und warf es in den Papierkorb.

Irgendwie ging es mir jetzt besser.

Am nächsten Tag telefonierte ich lange mit Sarah, um ihr die Neuigkeiten mitzuteilen. Sie freute sich sehr für mich, aber als ich ihr sagte, dass ich überlege in das Haus zu ziehen, wurde sie traurig.

„Oh Leonie! Ich habe solche Angst, dass wir uns dann aus den Augen verlieren.

Du bist doch meine allerbeste liebste Freundin!" Ich hörte wie sie schluchzte.

„Sarah, wie kannst Du nur glauben, dass diese kurze Distanz zwischen Bremen und Wahnum, unsere Freundschaft zerstören kann. Es ist doch nur eine knappe Stunde mit dem Auto." Ich tröstete Sarah. In diesem Moment wurde mir klar, dass ich mich eigentlich schon entschieden hatte.

„Wahnum? Wo liegt das überhaupt?" wollte Sarah jetzt wissen.

„Fast in der Mitte zwischen Bremerhaven und Cuxhaven. Direkt am Meer. Es ist wunderschön dort", sagte ich.

„Ja und wahrscheinlich totlangweilig. Das hört sich nach einem Hundertseelendorf an!" Sarah war trotzig.

Ich musste ihr aber Recht geben. Der Ort bestand nur aus einer Hauptstraße und der Straße direkt hinter dem Deich. Dort befand sich ganz am Ende auch mein Haus. Außerdem gab es noch ein paar Bauernhöfe, die um Wahnum herum verstreut lagen.

„Wenn ich den Schlüssel habe, fahren wir direkt gemeinsam zu dem Haus. Ich möchte, dass Du die Erste bist, die es sieht. Ich bin selbst gespannt, wie es jetzt dort aussieht."

Ich war schon so lange nicht mehr dort gewesen. Ich überlegte. Ich war letzten Monat dreißig Jahre alt geworden. Also waren es fast zehn Jahre her. Ich war damals noch einmal mit meiner Mutter bei Tante Petersen zu Besuch. Meine Mutter wollte sie informieren, dass sie und mein Vater nach Spanien auswandern wollten und sich von ihr verabschieden. Ich weiß noch, dass meine Tante sagte:

„Leonie, dann passen wir jetzt gegenseitig aufeinander auf."

Ich wurde auf einmal sehr traurig. Ich hatte nicht auf sie aufgepasst und mich in den letzten Jahren nur sporadisch bei ihr gemeldet. Jetzt hatte ich ein schlechtes Gewissen.

Sarahs Stimme riss mich aus meinen Gedanken.

„Das will ich doch schwer hoffen, dass ich Dein erster Gast sein werde! Ich freue mich wirklich für Dich, aber ich werde unsere spontanen gemeinsamen Abende vermissen. Vor allem den Eierlikör!" Ich hörte wie Sarah lachte.

„Ich werde immer eine Flasche im Schrank haben", antwortete ich.

Am Nachmittag schaute ich in den Briefkasten. Der Brief vom Notar war schon angekommen.

In der Wohnung riss ich ihn direkt auf. Ich war sehr aufgeregt.

In dem Brief war eine Auflistung der Dinge, die ich geerbt hatte. Das Haus und Schmuck, sowie Bargeld. Die Wertsachen waren bei dem Notar deponiert.

Außerdem war noch ein Schreiben dabei, in dem ich informiert wurde, welche Rechte und Pflichten ich als Erbe hatte. Ich las alles sorgfältig durch, dann rief ich in der Kanzlei an.

Es meldete sich eine Sekretärin und stellte mich dann nach ein paar Minuten zu dem Notar durch.

„Hallo Frau Hernandez! Schön von Ihnen zu hören!" sagte Herr Dieken. „Haben Sie meinen Brief schon erhalten?"

„Ja genau. Deshalb rufe ich auch an. Ich wollte Sie informieren, dass ich das Erbe antreten möchte." Ich war vor Aufregung ganz außer Atem.

„Das ist eine gute Entscheidung. Ihre Tante hat sich sehr gewünscht, dass Sie in das Haus einziehen. Sie war ein paarmal hier und wir haben alles geregelt. Bevor sie ins Hospiz musste, hat sie mir noch das Bargeld und den Schmuck zur Aufbewahrung übergeben."

„Wann kann ich denn einmal in das Haus. Ich war schon so lange nicht mehr dort. Haben Sie den Schlüssel?" fragte ich.

„Ich kann Ihnen den Schlüssel jederzeit übergeben. Können Sie übermorgen nach

Bremerhaven kommen? Die Adresse der Kanzlei haben Sie ja?"

Wir verabredeten uns für den Nachmittag. Als ich aufgelegt hatte, überkam mich ein wahnsinniges Glücksgefühl.

Die Sorgen der letzten Tage waren verflogen. Ich wunderte mich selbst, dass ich so schnell über Markus hinweg war. Aber die Vorfreude, auf das was jetzt kam, überwog alles andere.

Am nächsten Tag arbeitete ich ununterbrochen, um das Versäumte nachzuholen und um mich abzulenken.

Ich hatte mehrere Arbeitgeber und arbeitete selbstständig. Ein Verlag buchte mich regelmäßig. Dort wurde fast ausschließlich Lektüre von spanischen und südamerikanischen Autoren verlegt.

Außerdem übersetzte ich für eine andere Firma Bedienungsanleitungen und für eine spanische Modekette war ich für das Internetportal zuständig. Ich hatte genug zu tun und verdiente nicht schlecht. Außerdem konnte ich mir die Arbeit einteilen, wie ich Zeit und Lust hatte.

Wenn ich mich endgültig dazu entscheiden sollte nach Wahnum zu ziehen, dann bräuchte ich nur meine Wohnung zu kündigen. Mein Büro war mein Laptop und der Schreibtisch. Das war alles unkompliziert.

Am nächsten Morgen wurde ich schon sehr früh wach. Ich war so aufgeregt, dass ich am liebsten gleich losgefahren wäre.

Nach dem Frühstück hielt mich nichts mehr. Ich steckte den Brief vom Notar in meine Handtasche und ging zu meinem Auto, das in einer Nebenstraße abgestellt war. Ich brauchte bis Bremerhaven eine knappe Stunde. Die Zeit, die mir bis zu dem Notartermin blieb, wollte ich nutzen um mich etwas umzuschauen.

Ich parkte bei den Havenwelten, einem Stadtviertel Bremerhavens, direkt am Meer. Hier gab es ein riesiges Einkaufszentrum, Museen und einen Zoo.

Es war ein wunderschöner Frühlingstag. Die Sonne wärmte sogar schon ein wenig.

Ich zog meine Strickjacke aus, dann schlenderte ich am Auswanderer Museum vorbei bis zum Atlantic Hotel mit der Aussichtsplattform. Ich kaufte mir ein Eis und setzte mich auf eine Bank oberhalb des Deichs. So ließ es sich aushalten.

Im letzten Sommer war ich mit Markus hier. Er wollte sich nicht so gern in Bremen mit mir treffen. Jetzt wusste ich warum. Das hätte mir damals schon auffallen müssen. Aber ich war so verliebt und hatte ihm vertraut.

Ich seufzte und aß den Rest der Eiswaffel auf. Ich ging noch in das Einkaufszentrum und dann war es auch schon so weit, den Notar aufzusuchen.

Die Kanzlei lag ganz in der Nähe. So konnte ich das Auto stehen lassen und ging zu Fuß. Nach wenigen Minuten stand ich vor einem schönen Altbau. An der Fassade war das Schild der Kanzlei angebracht. Ich klingelte nervös. Nach ein paar Sekunden summte der Türöffner und ich trat in ein schönes Treppenhaus.

Die Kanzlei lag im ersten Stock. Als ich noch einmal klingeln wollte, öffnete mir eine ältere Frau im grauen Kostüm.

„Guten Tag. Mein Name ist Scheffler. Sie sind Frau Hernandez?" fragte sie.

„Ja, genau. Ich habe heute einen Termin bei Herrn Dieken", antwortete ich.

„Bitte nehmen Sie doch einen Moment hier im Wartebereich Platz. Herr Dieken hat gleich Zeit für Sie!"

Frau Scheffler deutete auf einen Raum am Ende des Flurs und lächelte mir freundlich zu.

Ich setzte mich auf einen der bequemen Stühle und griff nach einer der Zeitschriften, die auf einem kleinen Tisch lagen.

Kaum hatte ich die Zeitschrift aufgeschlagen, da trat ein junger, äußerst attraktiver Mann in den Raum.

„Frau Hernandez? Guten Tag, mein Name ist Dieken. Ich freue mich Sie kennen zu lernen!" sagte er.

Ich wurde rot. So hatte ich mir einen Notar nicht vorgestellt. In meiner Vorstellung waren Notare ältere Herren im Anzug mit Krawatte, die eine Lesebrille auf der Nase hatten und ständig in Akten lasen.

Herr Dieken war vielleicht Mitte dreißig, hatte dunkle Haare und war genau mein Typ.

Ich stotterte leise: „Hallo! Wir haben heute einen Termin wegen des Testaments von Tante Petersen!" hauchte ich.

Tante Petersen! Was redete ich denn da?

Herr Dieken lachte. Er kam auf mich zu und schaute mir in die Augen.

„Sie sehen ihrer Tante aber gar nicht ähnlich!"

Er grinste. „Das macht aber gar nichts, nur in Wahnum werden Sie eine Exotin sein."

Ich wurde immer mal wieder gefragt, ob ich eine Südländerin sei. Die Gene meines Vaters hatten sich durchgesetzt. Ich habe einen dunklen Teint und dunkle Locken. Nur die blauen Augen hatte ich von meiner Mutter geerbt.

„Wollen wir in mein Büro gehen?" fragte der Notar und ging voraus in den Raum neben dem Wartebereich.

Ich hatte mich etwas gefangen und trottete hinter ihm her.

Herr Dieken deutete auf einen Stuhl vor seinem Schreibtisch. Er setzte sich dahinter und griff nach einem Aktenordner.

„Ich brauche Ihren Ausweis und das Schreiben, dass ich Ihnen zugeschickt habe." Er nickte mir freundlich zu.

Ich kramte in meiner Handtasche und zog den Brief und mein Portemonnaie heraus. Dann übergab ich dem Notar die Unterlagen.

„Vielen Dank! Wir gehen jetzt noch einmal die wichtigsten Dinge durch. Wenn Sie Fragen haben, dann unterbrechen Sie mich einfach. Wenn Sie alles verstanden haben, dann brauche ich nur noch Ihre Unterschrift. Dann geht alles seinen Weg."

Ich lauschte der angenehmen Stimme von Herrn Dieken, ohne dass ich wirklich verstand, was er sagte. Immer mal wieder schaute er zu mir hoch und sah mich fragend an. Ich unterbrach ihn aber nicht. Ich war immer noch sehr nervös.

Nach einer halben Stunde nahm der Notar die Unterlagen und legte sie vor mich.

„So, Frau Hernandez, jetzt kommt die Stunde der Wahrheit. Wenn Sie jetzt unterschreiben nehmen sie das Erbe an, was im Übrigen der große Wunsch von Frau Petersen war!"

Er lächelte mich an.

Ich unterschrieb dort, wo er Kreuze gemacht hatte und war auf einmal sehr erleichtert.

Herr Dieken stand auf und gab mir die Hand. Ich wurde wieder rot, als ich seine Hand in meiner spürte. Er tat so, als ob er nichts bemerkte und ging zu einem Schrank, der an der Wand stand. Er öffnete eine Klappe. Dahinter befand sich ein Safe.

Er gab einen Code ein und nahm dann weitere Unterlagen und eine Schatulle heraus.

„Das sind die Dinge, die mir Frau Petersen anvertraut hat. Es gehört jetzt Ihnen!" sagte er.

„Vielen Dank!" antwortete ich leise.

„In der Schatulle ist der Schmuck von Frau Petersen und auch die Schlüssel für das Haus. Sie dürfen es natürlich ab sofort betreten.

Ich wünsche Ihnen alles Gute und viel Glück in Ihrem neuen Zuhause!"

„Ich bin ganz aufgeregt!" stotterte ich.

„Das brauchen Sie nicht. Wenn Sie noch Fragen haben, können Sie mich jederzeit kontaktieren." Herr Dieken geleitete mich zur Tür.

„Auf Wiedersehen" sagten er und Frau Scheffler fast gleichzeitig und schon war ich wieder im Treppenhaus.

Ich atmete erst einmal tief durch. Mein Herz klopfte laut. Ich wusste nicht ob der Notar, oder mein Erbe daran schuld waren.

Es war zu spät um noch zum Haus zu fahren. Außerdem hatte ich Sarah versprochen, dass sie mich begleiten durfte. Also fuhr ich erst einmal wieder zurück nach Bremen.

Der nächste Tag war ein Samstag. Ich schlief lange. Dann kochte ich mir einen Kaffee und nahm die Unterlagen und die Schatulle aus meiner Tasche. Am Vortag war ich zu aufgeregt um mir alles anzuschauen.

Jetzt setzte ich mich mit meiner Lieblingstasse auf die Couch. Ich öffnete die Schatulle. Dort lagen, in einer kleinen Plastiktüte, die Schlüssel zum Haus. Außerdem noch ein paar Schmuckstücke. Ich sah die schöne Kette mit dem Herzanhänger, den Tante Petersen immer getragen hatte. Ich nahm sie ehrfürchtig aus der Schatulle und hielt sie in den Händen. In diesem Moment überkam mich ein starkes

Glücksgefühl. Ich war meiner Tante so dankbar, dass sie mich anscheinend so gerne hatte, dass sie mir alles hinterlassen hatte. Ich legte die Kette zu dem anderen Schmuck zurück und öffnete den braunen Umschlag, den mir der Notar gestern ebenfalls übergeben hatte.

In dem Umschlag war nur ein einzelnes, handgeschriebenes Blatt. Ich las mit zitternden Fingern:

Meine liebe Leonie! Wenn Du das hier liest, gibt es mich nicht mehr. Ich habe mir immer gewünscht, dass Du irgendwann mein Haus bekommst. Ich habe ja keine Kinder gehabt.

Die Vorstellung, dass Du in meinem Haus leben wirst, hat mich schon immer erfreut.

Ich hoffe, dass Du dort glücklicher wirst, als ich es war.

Ich hätte mir immer einen liebenden Mann an meiner Seite gewünscht. Es sollte aber nicht sein.

Ich wünsche Dir ein schönes Leben und denke ab und zu einmal an mich.

Deine Tante Petersen

Mir kamen die Tränen. Ich schluchzte laut. Erst jetzt wurde mir bewusst, wie einsam meine Tante eigentlich gewesen war. Ich dachte immer, dass ihr Beruf als Kindergärtnerin sie voll und ganz glücklich gemacht hatte. Sie liebte Kinder. Der Brief zeigte aber, dass sie nicht immer glücklich war. Sie tat mir so leid.

Ich legte den Brief nachdenklich auf den Tisch. War es eine gute Entscheidung in das Haus zu ziehen? Ich kannte in Wahnum keinen Menschen. Aber hier in Bremen war ich eigentlich auch immer allein. Außer Sarah hatte ich nur Kontakt zu einer Spanierin, die ich einmal im Verlag kennen gelernt hatte,

für den wir Beide arbeiteten. Sie hieß Marisa und war etwas älter als ich. Wir sahen uns hin und wieder. Mir wurde schmerzhaft bewusst, dass ich eine Eigenbrötlerin geworden war. Das musste ich unbedingt ändern.

Ich rief Sarah an. „Hast Du Lust morgen mit mir das Haus zu besichtigen?" fragte ich atemlos.

„Na klar! Ich komme mit. Max spielt morgen mit seinen Freunden Fußball. Da bietet sich der Ausflug erst recht an!"

Wir wollten uns nach dem Frühstück treffen. Ich konnte es kaum erwarten. Wie sah das Haus wohl heute aus? Gab es viel zu renovieren? Tante Petersen war ja die letzte Zeit sehr krank und konnte sich um vieles nicht kümmern. Hoffentlich musste ich nicht allzu viel Zeit und Geld investieren.

In der Nacht schlief ich schlecht. Ich träumte, dass ich in einem Haus ohne Dach aufwachte und das Meer gerade den Garten weggespült hatte. Als ich die Augen aufmachte, war ich froh, dass ich nur geträumt hatte.

Es wurde langsam hell und ich beschloss aufzustehen. Schlafen konnte ich doch nicht mehr. Ich setzte mich an den Schreibtisch und übersetzte ein paar Kapitel eines Romans. Dann ging ich ins Bad, duschte lange und zog mich an. Als der Kaffee gerade fertig war, klingelte es an der Tür. Sarah war wie immer pünktlich.

„Bekomme ich auch noch einen Kaffee?" fragte sie und ließ sich auf die Couch fallen.

Ich brachte ihr einen Becher und setzte mich neben sie.

Eine halbe Stunde später saßen wir im Auto und fuhren bei schönstem Wetter Richtung Nordseeküste.

Auf der Autobahn war so früh am Sonntagvormittag kaum Verkehr und wir kamen schnell voran. Nach einer dreiviertel Stunde fuhren wir von der Autobahn ab und eine viertel Stunde später waren wir in Wahnum.

Ich fuhr die Hauptstraße entlang. Es gab hier links und rechts ansprechende Häuser.

Teilweise hingen Schilder, die Ferienwohnungen auswiesen, an den Fassaden. Es gab einen Bäcker und einen kleinen Lebensmittelladen.

So langsam kam mir alles wieder bekannt vor. Am Ende der Hauptstraße bog ich auf die schmale Straße am Deich ab. Ich fuhr am Kindergarten vorbei, wo Tante Petersen viele

Jahre gearbeitet hatte. Jetzt kannte ich mich wieder aus. Und dann standen wir vor meinem Haus. Mir zitterten die Knie. Sarah schaute mich von der Seite an.

„Los Leonie. Lass uns Dein neues Zuhause anschauen. Es sieht von außen ganz entzückend aus." Sarah schaute begeistert.

Ich stieg aus und atmete tief durch. Ich holte den Schlüssel aus meiner Tasche und öffnete das kleine Gartentor. Der Eingang war etwas mit Efeu zugewachsen. Hier musste man mal Hand anlegen.

Die Tür knirschte, als ich sie aufschloss. Es roch etwas modrig. Ich ging durch den kleinen Flur ins Wohnzimmer.

In diesem Moment wusste ich es genau: Ich war Zuhause.

Es hatte sich seit meinem letzten Besuch nichts verändert. Die liebevoll ausgesuchten Erinnerungsstücke von Tante Petersen standen am gleichen Platz wie damals. Ich ging zum Fenster und ließ erst einmal frische Luft hinein. Als ich mich umdrehte schaute ich in Sarahs erstauntes Gesicht.

„Gefällt es Dir?" fragte ich gespannt.

„Es hat etwas von einem Freilichtmuseum, aber es ist wunderschön hier. Wie in einer Puppenstube. Und die Lage! Direkt am Meer. Leonie, das ist ein Sechser im Lotto."

Wir gingen in die Küche. Auch hier hatte sich nichts verändert. Im Schlafzimmer war die Stelle, wo das Bett gestanden hatte, leer. Ich wusste von Herrn Dieken, dass Tante Petersen zum Schluss ein Pflegebett hatte, das vom Sanitätshaus nachdem sie gestorben war, wieder abgeholt worden ist.

Die Kleidung war vom Roten Kreuz abgeholt worden, also war auch der Kleiderschrank leer. Nur auf einem Stuhl in der Ecke stand eine Handtasche.

Im Gästezimmer, wo ich immer geschlafen hatte, lag noch ein Kinderbuch. Ich hatte es irgendwann einmal dort vergessen.

„Wo ist denn die Toilette?" fragte Sarah.

Ich deutete auf die Tür am Ende des Flurs. Als Sarah die Tür öffnete pfiff sie laut.

„Schau Dir das mal an! Das ist ja ein Wellness Tempel!" sagte sie. Ich schaute an ihr vorbei in den Raum und war begeistert. Das Bad war komplett neu renoviert worden und passte eigentlich nicht zu den restlichen Räumen. Trotzdem war ich sehr erleichtert, dass die Blümchenfliesen und die alte Badewanne entsorgt worden waren.

Im Wohnzimmer öffnete ich die Tür zur Terrasse. Der Garten war noch im Winterschlaf. Nur ein paar Krokusse und Narzissen bahnten sich den Weg durch die Erde.

Plötzlich stand Sarah hinter mir. Sie umarmte mich und flüsterte mir ins Ohr:

„Es ist wunderschön hier. Fast wie an einem verwunschenen Ort. Jetzt fehlt nur noch der Märchenprinz!"

Ich musste lachen.

„Sollen wir ein bisschen am Meer entlang laufen?" fragte ich.

Sarah nickte. Wir gingen zurück ins Haus. Ich ließ die Fenster geöffnet. Hier gab es keine Einbrecher.

Wir gingen den Deich hinauf. Es war gerade Ebbe. Vereinzelt sah man in der Ferne Schiffe in Richtung Cuxhaven fahren. Wir gingen auf dem Deich in Richtung des kleinen Fischereihafens von Wahnum. Hier lagen zwei Kutter im Schlick und warteten auf die nächste Flut. Etwas abseits gab es eine kleine Gaststätte, den *Wattwurm*. Hier verbrachten die Fischer und andere Einwohner des Dorfes die Abende mit Kartenspielen und dem ein oder anderen alkoholischen Getränk.

Auf der Speisekarte gab es fast die gleichen Speisen wie vor Jahren. Vor allem Fisch oder Krabbenbrötchen.

Der Wirt öffnete gerade die Tür und sagte etwas mürrisch: „Moin! Ich öffne erst in einer halben Stunde. Ihr Beiden müsst Euch noch etwas gedulden!"

Sarah und ich sahen uns an und mussten grinsen. Das war der typische norddeutsche Charme.

Ich zwinkerte dem bärtigen Mann zu und sagte freundlich: „Dann bis später. Ich freue mich schon auf Ihre berühmten Matjesbrötchen!"

Er schaute etwas verdutzt, doch dann huschte ein Lächeln über sein wettergegerbtes Gesicht.

Ich setzte mich neben Sarah in einen Strandkorb, der zur Gaststätte gehörte.

Wir konnten sehen, wie uns der Wirt durch einen Schlitz in der Gardine beobachtete. Jeder Fremde wurde hier erst einmal argwöhnisch unter die Lupe genommen.

„Hoffentlich wirst Du hier akzeptiert. Du siehst ja nicht aus wie der typische Deichbewohner!" sagte Sarah und zwickte mich in den Oberschenkel.

„Wir werden sehen!" antwortete ich und hielt mein Gesicht in Richtung der Sonne. Wir saßen eine Weile schweigend und genossen die Ruhe, als uns eine Stimme aus den Gedanken riss.

„Wir haben jetzt geöffnet. Wenn ihr Hunger habt, dann nichts wie rein in die gute Stube!" Der Wirt winkte uns zu.

„Komm ich lade Dich ein!" Ich zog Sarah hoch.

Im Inneren der Gaststätte waren ein paar robuste Tische ohne Tischdecken und die typischen rustikalen Stühle. Die Theke war mit Fliesen in Seemannsoptik verkleidet. An den Wänden hing ein bunter Mix von Bildern, die der Wirt sicher irgendwann auf den Flohmärkten der Gegend, zusammengesucht hatte. Es war aber urgemütlich hier.

„Was möchten die Damen denn essen? Es gibt heute auch Labskaus."

„Ich nehme den Labskaus!" sagte ich. Sarah bestellte sich eine Fischplatte.

Der Wirt blieb unentschlossen stehen. „Junge Frau, wissen Sie denn was Labskaus ist? Bei Ihnen Zuhause gibt es sowas bestimmt nicht!"

Er kratzte sich am Kopf.

„In Bremen gibt es auch manchmal Labskaus. Natürlich weiß ich was das ist. Ich mag es sehr!" antwortete ich und konnte das Lachen kaum unterdrücken.

„Soso, Bremen!" brummte er und schlurfte in Richtung Küche. Kurz darauf kam eine rundliche Frau an den Tisch.

„Darf es etwas zu trinken sein?" wollte sie wissen.

Wir bestellten beide ein Bier. Die Frau, die sicher die Wirtin war, ging an die Theke. Als sie wieder mit den Getränken an den Tisch kam, fragte sie neugierig:

„Seid Ihr hier zu Besuch? Campingplatz oder Ferienwohnung?"

Sarah trat mich unter dem Tisch vor das Schienenbein. Sie trank schnell einen Schluck Bier, weil sie sonst laut gelacht hätte.

„Ich bin Leonie!" sagte ich. „Ich bin die Nichte von Frau Petersen. Ich habe ihr Haus geerbt."

Die Wirtin schaute erstaunt und setzte sich dann einfach zu uns an den Tisch.

„Du bist mir gleich so bekannt vorgekommen. Dein dunkler Lockenkopf ist mir noch gut in Erinnerung!" sagte sie.

Das hatte ich nicht erwartet. Ich schaute die Wirtin fragend an.

„Ich bin doch die Hildegard! Marie Petersen war meine beste Freundin und die Kindergärtnerin unseres Sohnes!" antwortete die Wirtin. „Du hast doch früher in den Ferien oft mit Deiner Tante hier gegessen. Erinnerst Du Dich nicht mehr?"

Natürlich konnte ich mich daran erinnern, dass wir abends manchmal hier waren. Seitdem liebe ich auch Labskaus. Aber die Wirtin kam mir nicht bekannt vor.

Hildegard redete gleich weiter: „Na ja, damals war ich ja noch viel jünger und schlanker!" Sie lachte laut. „Der Hinnerk kocht halt zu gut!"

„Das Essen ist gleich fertig!" rief Hinnerk aus der Küche. Er hatte anscheinend seinen Namen gehört.

In meiner Erinnerung sah ich eine schlanke, rothaarige Frau hinter der Theke stehen. Wenn man sich bei Hildegard die grauen Haare und zwanzig Kilo wegdachte, dann konnte es passen.

„Ich weiß, dass Tante Petersen gern hier gegessen hat. Außerdem mochte sie doch immer Euren Tee mit Schuss!"

Ich musste lächeln, als ich daran dachte wie Hildegard meiner Tante immer einen guten Schuss Rum in den Tee gegossen hat.

Hildegard schlug sich auf die Schenkel. „Ja, so war das wohl!" sagte sie lachend.

„Das Marie so schnell von uns gegangen ist, hat uns alle sehr getroffen. Wir konnten ihr noch nicht einmal die letzte Ehre erweisen.

Sie liegt irgendwo in einem Friedwald begraben." Hildegard seufzte. „Sie war hier sehr beliebt!"

Hinnerk kam mit einem Tablett aus der Küche und stellte Sarah und mir unsere Speisen auf den Tisch.

Sarah schaute entsetzt, als sie die Riesenportion sah. Ihre Fischplatte hätte auch für drei Personen gereicht. Mein Labskaus nur für Zwei.

„Dann mal guten Appetit die Damen!" sagte er. „Langsam essen, dann geht mehr rein!"

„Hinnerk, weißt Du wer die Deern mit den dunklen Locken ist?" fragte Hildegard ihren Mann.

Er schüttelte den Kopf.

„Das ist doch die Nichte von Marie. Sie war als Kind doch öfter hier!"

Hinnerk schaute mich an, dann schlug er mir auf die Schulter, dass mir fast die Gabel aus der Hand gefallen wäre.

„Da hol mich doch der Teufel! Die kleine Spanierin von der Marie. Labskaus war doch damals schon Dein Lieblingsessen, oder?" fragte er.

Ich war noch nicht einmal ein paar Stunden in Wahnum und schon hatte ich das Gefühl, das hier mein Zuhause ist.

Jetzt, wo Hinnerk und Hildegard wussten, dass ich in Tante Petersens Haus leben würde, wusste es sicherlich auch bald das ganze Dorf.

Die Wirtsleute ließen uns jetzt erst einmal in Ruhe essen. Es schmeckte himmlisch. Selbst Sarah, die immer auf ihre Figur achtete, aß mit großen Appetit.

„Wenn Du hier jeden Tag isst, dann siehst Du bald aus wie Hildegard!" sagte sie und grinste.

„Dann habe ich wenigstens mehr Stand bei dem starken Wind hier auf dem Deich!" antwortete ich.

Wir zwinkerten uns zu.

Nach dem Essen bestellte ich uns noch einen Schnaps. Ich gab Hinnerk und Hildegard auch einen aus. So machte man sich hier Freunde.

Wir prosteten uns zu. Nachdem ich bezahlt hatte, verabschiedeten wir uns schnell. Ich wollte unbedingt noch einmal in mein Haus.

„Na dann herzlich Willkommen in Wahnum." Hildegard winkte uns zum Abschied nach.

Der modrige Geruch war aus dem Haus verschwunden. Jetzt, wo die Sonne durch die Fenster schien, sah alles noch schöner aus. In der kleinen Holzhütte im Garten fanden wir Liegestühle. Wir brachten sie auf die Terrasse. Hier war es windgeschützt und in kurzer Zeit waren Sarah und ich eingeschlafen.

Ich erwachte als Erste. Die Sonne war jetzt auf der Terrasse angekommen und kitzelte meine

Nase. Sarah schnarchte leise neben mir. Ich ging zurück ins Haus und suchte in der Küche nach Kaffee. In den Schränken stand das Geschirr von Tante Petersen, das mit dem blau-weißen Muster gut zum Rest der Einrichtung passte. Kaffee konnte ich aber nirgendwo finden.

In einer Dose war ein Rest von Ostfriesentee. Mir fiel ein, dass meine Tante gar keinen Kaffee mochte. Ich wollte auf dem Herd Wasser kochen, aber er funktionierte nicht. Man hatte den Strom abgeschaltet. Ich nahm mir vor, in der nächsten Woche alles von Bremen aus zu regeln.

Ich hörte wie Sarah in die Küche kam. Sie rieb sich die Augen und gähnte.

„Ich bin fest eingeschlafen. Es ist so schön ruhig hier!" sagte sie.

„Ich wollte uns einen Kaffee oder Tee kochen, aber wir haben keinen Strom. Es ist alles abgeschaltet. Deswegen sollten wir uns auf den Heimweg machen."

Sarah nickte. „Ja, lass uns fahren bevor Max noch eine Vermisstenanzeige schaltet! Es ist ja schon später Nachmittag!"

Ich schaute noch einmal in alle Zimmer und schloss die Fenster. Als wir ins Auto stiegen sagte ich: „Auf Wiedersehen altes Haus, ich komme bald wieder!"

Der Weg zurück dauerte etwas länger. Die Autobahn war voll von Menschen, die aus dem Wochenendurlaub wieder nach Hause fuhren.

Ich lieferte Sarah Zuhause ab. Sie winkte kurz und schon war sie im Hauseingang verschwunden.

Als ich meine Wohnungstür aufschloss, wurde es draußen schon dunkel. Ich ging in die Küche und nahm eine Flasche Wein aus dem Kühlschrank. Ich wollte darauf anstoßen, dass ich jetzt Hausbesitzerin war.

Ich telefonierte noch einmal mit meinen Eltern und erzählte ihnen, was heute geschehen war.

Meine Mutter erinnerte sich sofort an den *Wattwurm* und die Besitzer.

„Ich weiß, dass diese Hildegard und Marie sehr gut befreundet waren. Als Kindergärtnerin kannte sie ja auch fast jeder. Ich glaube sie ist krank geworden, als sie nicht mehr arbeiten konnte. Als sie in Rente gegangen ist, hat sie das einzige verloren, was ihr wirklich wichtig war."

Die Worte meiner Mutter machten mich nachdenklich und traurig.

„Dein Papa ist gerade bei den Orangenbäumen. Sie blühen schon und duften herrlich. Auch bei den Oliven werden wir eine gute Ernte haben."

Meine Eltern waren Selbstversorger geworden. Sie hatten ein paar Hühner und bauten Tomaten und Kartoffeln an. Die Orangen und Oliven verkauften sie zum großen Teil an einen Großhändler. Der Hof war eigentlich nur ein Hobby. Mein Vater hatte in Deutschland einen gut bezahlten Job bei einer großen Reederei und meine Mutter war Lehrerin. Jetzt genossen sie ihr Leben in der Natur unter der Sonne Spaniens.

„Grüß Papa von mir. Ich freue mich schon wenn wir uns im Sommer wiedersehen!" Ich verabschiedete mich und trank den Rest Wein aus meinem Glas.

In den nächsten Tagen war ich damit beschäftigt die Firmen wegen der Strom-und Wasserversorgung anzurufen.

Ich schrieb meinem Vermieter die Kündigung und überlegte welche Möbel ich mitnehmen wollte.

Ich brauchte auf jeden Fall mein Bett. Ansonsten wollte ich nur den Schreibtisch und meine persönlichen Sachen mitnehmen.

Nach einem Telefonat mit meinem Vermieter einigten wir uns darauf, dass ich meine Möbel für den Nachmieter in der Wohnung lassen konnte. Dafür erließ er mir die restlichen Monatsmieten.

Ich arbeitete viel um mich abzulenken. Ich konnte es kaum erwarten umzuziehen. In der nächsten Woche sollte es soweit sein. Meine Arbeitgeber waren informiert. Für sie war es egal von wo ich arbeitete. Hauptsache ich lieferte pünktlich ab.

Ich traf mich noch einmal mit Marisa. Wir gingen im Schnoor Viertel Kaffee trinken. Es ist ein altes Viertel mit Häusern, die teilweise noch aus dem fünfzehnten Jahrhundert waren. Die Gassen sind sehr idyllisch. Ich war hier immer sehr gern gewesen.

Hier hatte ich damals auch Markus kennengelernt. Er saß, wie ich allein an einem Tisch. Irgendwann kam er zu mir und fragte, ob ich einen Wein mit ihm trinken würde. Danach sahen wir uns regelmäßig und wurden ein Paar. Es war eine schöne Zeit. Ich war sehr verliebt in ihn. Aber dann kam das böse Erwachen.

Nach dem Treffen mit Marisa ging ich noch ein paar Lebensmittel einkaufen und fuhr dann nach Hause.

Ich hatte gerade die Sachen in den Kühlschrank geräumt, als es an der Tür klingelte. Ich drückte auf den Türöffner und schaute ins Treppenhaus. Um diese Zeit kam immer der Briefträger. Umso erschrockener war ich, als ich Markus die Treppe hinaufkommen sah. Ich wollte die Tür schon zuschlagen, aber Markus kam mir zuvor und hielt sie fest.

„Was willst Du hier?" fragte ich laut.

„Leonie, lass mich bitte hinein. Ich muss noch etwas klarstellen. Bitte!!"

„Ich weiß nicht was das noch bringen soll. Ich habe keine Lust auf Erklärungen. Deine Frau hat schon alles gesagt!" antwortete ich wütend.

Nebenan öffnete eine Nachbarin die Tür. „Alles in Ordnung Frau Hernandez?"

Ich hatte keine Lust, diese neugierige Frau an unserem Streit teilhaben zu lassen. Ich ließ Markus in die Wohnung und sagte: „Danke Frau Seber, hier ist alles okay!"

Markus war schon ins Wohnzimmer gegangen. Ich blieb in der Tür stehen.

„Komm doch zu mir Leonie. Du brauchst doch keine Angst vor mir zu haben", bettelte Markus.

„Ich habe keine Angst. Ich sehe nur keinen Sinn in einer Aussprache. Du hast mich monatelang belogen und Deine Frau betrogen. Das ist Fakt!"

Ich redete mich in Rage.

„Ich weiß, dass ich einen großen Fehler gemacht habe. Ich weiß nicht, was meine Frau Dir erzählt hat, aber unsere Ehe ist doch schon lange am Ende.

Wir sehen uns durch unsere Berufe sowieso kaum noch." Markus stand auf und kam auf mich zu.

„Ich vermisse Dich Leonie. Sag nicht, dass es Dir nicht genauso geht." Er nahm meine Hand.

„Ich war eine Zeitlang wirklich sehr verliebt in Dich. Aber das ist vorbei. Ich werde mein Leben ändern und außerdem nächste Woche umziehen." sagte ich und entzog Markus meine Hand.

Er schaute erst erstaunt, dann verzog er verächtlich die Mundwinkel.

„Wo willst Du denn hin? Läufst Du vor mir weg? Etwa zu Mama und Papa nach Spanien? Er lachte spöttisch.

Ich ging zur Wohnungstür und sagte leise: „Verschwinde!"

Markus folgte mir. Als er schon im Treppenhaus stand, sagte er: „Wir sehen uns wieder!"

„Ich hoffe nicht!" antwortete ich und schlug ihm die Tür vor der Nase zu.

Ich lehnte mich an den Türrahmen und atmete tief durch. Ich zitterte vor Wut am ganzen Körper.

Was hatte ich nur an diesem Mann gefunden?

Die nächsten Tage vergingen wie im Fluge. Sarah kam ein paarmal vorbei und half mir meine

Kleidung und persönlichen Dinge in Umzugskartons zu packen.

Das Bett baute Max mit einem seiner Freunde auseinander. Ebenso meinen Schreibtisch. Ich wollte meine Lieblingslampe und ein paar Kleinmöbel ebenfalls mitnehmen. Den Fernseher nahm ich auch mit, meine Tante hatte keinen besessen.

An einem wunderschönen Frühlingstag, kurz vor Ostern, war es dann soweit.

Den Umzug stemmte ich mit Hilfe von Sarah und Max. Es passte alles in einen Kleintransporter und mein Auto.

Als wir vor dem Haus anhielten, war ich tatsächlich aufgeregt. Jetzt würde ein neues Leben beginnen.

Innerhalb kurzer Zeit bauten wir das Bett auf. Es passte genau unter das Fenster.

Die Kartons mit der Kleidung stapelte ich erst einmal in einer Ecke im Schlafzimmer. Der

Schreibtisch fand ein Plätzchen in einer Nische im Wohnzimmer. Von dort aus konnte ich in den Garten schauen.

Am Nachmittag war der Umzug soweit erledigt. Sarah, Max und ich setzten uns in den Garten und entspannten nach der anstrengenden Arbeit auf der Terrasse.

„Darf ich Euch für Eure Hilfe in den *Wattwurm* einladen?" fragte ich.

„Ein anderes Mal gern", antwortete Max.

„Ich muss heute noch den Transporter zurückbringen. Das schaffe ich sonst nicht mehr!"

Daran hatte ich nicht gedacht.

„Dann vielleicht am nächsten Wochenende? Ihr könnt auch hier schlafen. Das Bett im Gästezimmer ist zwar schmal, aber für eine Nacht sollte das gehen!"

Sarah und Max sahen sich vielversprechend an. Max grinste frech und meinte: „Wenn Sarah sich zu breit macht, dann komme ich zu Dir!"

Sarah pustete die Wangen auf und drohte mit dem Finger! Dann lachte sie auch und versprach mir, dass die beiden die Einladung gern annahmen.

Nach einer Tasse Kaffee (ich hatte jetzt Strom) verabschiedeten sich Sarah und Max.

Ich überlegte, ob ich mich um meine Umzugskartons kümmern sollte, entschied mich aber dazu, noch einmal in den Garten zu gehen.

Ich schlenderte an den Beeten vorbei. So langsam konnte man schon die ersten frühblühenden Pflanzen erkennen. Am Ende des Gartens gab es zwei Hochbeete für Kräuter. Es war alles etwas verwildert.

Darum würde ich mich in den nächsten Wochen kümmern. Die beiden Apfelbäume mussten auch geschnitten werden. Das wollte ich einem Gärtner anvertrauen.

Ich öffnete die Tür zu dem Gartenhaus und schaute mich dort um.

Hier gab es ein Regal, auf dem sich einige Blumentöpfe befanden. Es gab ein paar Gartengeräte und Gießkannen. In einer Ecke stand das Fahrrad von Tante Petersen. Sie hatte kein Auto. Das brauchte sie auch nicht. Sie konnte alles zu Fuß oder mit dem Fahrrad erledigen. Die Bushaltestelle befand sich keine hundert Meter entfernt vom Haus.

Ich nahm das Fahrrad und schob es in den Garten. Das Vorderrad war platt. Ich suchte im Gartenhaus nach der Luftpumpe und fand sie schließlich auf dem Regal.

Der Reifen ließ sich problemlos aufpumpen.

Ich bekam langsam Hunger. Mein Magen knurrte schon.

Ich schaute auf die Uhr. Der *Wattwurm* hatte vor einer halben Stunde geöffnet, also entschloss ich mich mit dem Fahrrad an den Hafen zu fahren.

Ich radelte gut gelaunt die Straße hinter dem Deich entlang. Am Hafen schob ich das Rad den

Deich hinauf und pustete. Meine Kondition ließ zu wünschen übrig.

Die Flut drückte gerade in das kleine Hafenbecken. Auf einem Kutter bereitete man sich auf die Fahrt hinaus auf das Meer vor. Ein älterer Mann reparierte ein Fischernetz.

Ich stellte das Fahrrad vor dem Lokal ab. Als ich in den Innenraum trat, hatte ich den Eindruck, dass alle anderen Gäste neugierig die Hälse reckten. Ich lächelte und sagte fröhlich: „Moin!"

Die meisten Gäste erwiderten den Gruß. Hildegard kam gleich auf mich zu und deutete auf einen kleinen Tisch am Fenster.

„Moin Leonie! Heute alleine?" fragte sie.

„Meine Umzugshelfer mussten leider wieder zurück nach Bremen. Ich esse aber dafür für zwei!"

Hildegard lachte laut. Dann reichte sie mir die Speisekarte und fragte, was ich trinken möchte.

Ich entschied mich für ein Glas Wein.

Als Hildegard den Wein an den Tisch brachte, lächelte sie mir zu.

„Wir haben heute auch den ersten Spargel auf der Karte. Möchtest Du?"

„Ja! Den nehme ich!" antwortete ich erfreut. „Mit viel Sauce und Kartoffeln!"

Hildegard nickte und war schon in Richtung Küche unterwegs.

Ich nippte an meinem Wein und schaute mich im Lokal um. Am Stammtisch saßen vier ältere Männer und spielten Karten. Am Nebentisch hatte eine Familie mit zwei Kindern Platz genommen. In eine Ecke, etwas abseits, saß ein junges Pärchen.

So langsam entspannte ich. Als mein Essen kam, merkte ich erst wie hungrig ich war. Ich aß alles auf. Danach konnte ich mich kaum noch bewegen.

Hildegard kam an den Tisch und räumte ab. Als sie den leeren Teller sah, lächelte sie.

„Einen Schnaps?" fragte sie.

„Unbedingt!" Ich lächelte zurück.

Nachdem ich den Schnaps getrunken hatte, bezahlte ich die Rechnung und machte mich auf den Heimweg.

Irgendwie packte mich dann doch noch der Ehrgeiz, wenigstens ein paar Kartons auszupacken. Ich hatte alles beschriftet und so war es einfach die Kleidung gleich wieder zu finden.

Der schöne Kleiderschrank im Schlafzimmer reichte für meine Sachen. Ich konnte dort sogar noch die Bettwäsche und Handtücher unterbringen. Meinen Bademantel hängte ich ins Badezimmer.

Meine Schminkutensilien und die Zahnbürste räumte ich in den Spiegelschrank. Dann brauchte ich sie morgen früh nicht erst zu suchen.

Ich bezog das Bett und legte mich dann direkt hinein. Nach dem aufregenden Tag war ich todmüde. Ich schaute mich im Schlafzimmer um. Es war sehr gemütlich eingerichtet.

Neben meinem Bett und dem Kleiderschrank gab es jetzt noch meinen kleinen Schminktisch und den Spiegel aus der alten Wohnung. Vor dem großen Fenster hingen luftige Gardinen. Durch den Schlitz in der Mitte schaute ich nach vorn auf die Straße und den Deich.

Als ich erwachte, war es draußen schon dunkel. Ich schaute auf die Uhr. Ich hatte eine Stunde geschlafen. Jetzt war ich wieder fit. Im Wohnzimmer hatte Max den Fernseher auf eine kleine Kommode gestellt und angeschlossen.

Ich schaltete das Gerät ein, schaute aber gar nicht richtig hin.

Die Neugierde ließ mich noch einmal in alle Schränke schauen. In der Hauptsache fand ich Geschirr und Gläser, ein paar Tischdecken und Besteck. Es waren alle persönlichen Dinge entfernt worden. Ob das meine Tante noch selbst gemacht hatte oder jemand Anderen damit betraut hatte, wusste ich nicht.

Es gab noch nicht einmal ein Fotoalbum. Es war, als ob es sie gar nicht gegeben hatte. Das machte mich traurig.

Das Einzige, an das ich mich gut erinnern konnte, war das Foto des jungen Mannes an der Wand. Er lächelte wie immer zu mir hinüber.

Ich hatte in meiner alten Wohnung noch die restlichen Lebensmittel eingepackt. Die Flasche Wein, die ich mitgenommen hatte, holte ich nun aus dem Kühlschrank. In einer Schublade fand ich den Korkenzieher.

Mit dem Glas in der Hand ging ich zurück ins Wohnzimmer. Ich schrieb Sarah eine Nachricht, in der ich mich noch einmal für ihre Hilfe bedankte. Dann trank ich den Wein aus und ging ins Bett.

Am nächsten Morgen erwachte ich schon sehr früh. Es wurde gerade hell und die Vögel zwitscherten ihr Morgenkonzert. Ich hatte wunderbar geschlafen und blieb noch eine Weile liegen. Heute war Sonntag und ich hatte viel Zeit mich einzurichten.

Da ich noch kein Internet hatte, konnte ich noch nicht arbeiten. In der nächsten Woche hatte ich einen Termin mit einem Techniker vereinbart, der mir das Telefon und Internet anschließen wollte.

Ich schlüpfte aus dem Bett und ging ins Badezimmer. Hier ließ ich mir Badewasser ein. Bis das Wasser eingelaufen war, putze ich mir die Zähne und kochte Kaffee.

Ich blieb eine lange Zeit in der Wanne, ließ mir immer wieder warmes Wasser nachlaufen und überlegte, was ich an diesem Tag unternehmen wollte.

Irgendwann wurde es mir doch zu kalt. Ich kletterte aus der Wanne und zog meinen flauschigen Bademantel an.

In der Küche schüttete ich mir eine Tasse Kaffee ein und setzte mich auf die Eckbank.

Ich schaute aus dem Fenster. Leider fing es gerade an zu regnen.

Da ich vergessen hatte Brot zu kaufen, zog ich mich an. Ich hoffte, dass der Bäcker auf der Hauptstraße am Sonntag geöffnet hatte.

In einer Ecke im Flur stand ein Schirm. Ich nahm den Schlüssel und einen Korb und verließ das Haus in Richtung Ortsmitte.

Auf der Straße war ich fast allein. Ein älterer Herr mit Hund ging an mir vorbei in Richtung Deich. Er grüßte kurz.

Auf der Hauptstraße war auch nicht viel mehr los. Es war noch keine Urlaubszeit. Feriengäste kamen wohl erst nächste Woche, wenn die Osterferien begannen.

In der Bäckerei standen zwei Personen an der Theke. Als ich eintrat sagte ich: „Moin" und stellte mich hinten an.

Es ertönte eine Glocke, die über der Tür angebracht war. Der nächste Kunde hatte den Laden betreten.

Ich drehte mich kurz um. Dann erkannte ich den Mann, der seine Kapuze vom Kopf zog. Es war Herr Dieken, der Notar.

„Hallo! Was machen Sie denn hier?" fragte ich erstaunt.

Jetzt hatte mich Herr Dieken ebenfalls erkannt.

„Ach Frau Hernandez! Schön Sie zu sehen. Ich wohne auch hier in Wahnum. Hatte ich das nicht erwähnt?"

Er lächelte mich an und ich wurde rot.

„Nein, das wusste ich nicht", antwortete ich.

Ich wollte noch etwas sagen, aber die Kundin vor mir hatte gerade bezahlt und ich war jetzt an der Reihe.

Ich wollte gerade meine Wünsche äußern, aber die Verkäuferin ignorierte mich.

„Jonas, wie immer?" sprach sie ihn an.

„Bediene doch erstmal Frau Hernandez. Sie ist übrigens eine neue Bewohnerin von Wahnum. Sei nett zu ihr Renate!" Er grinste.

Sie schaute mich erstaunt an.

„Ich möchte gern zwei Brötchen und ein Croissant." Ich zeigte mit dem Finger auf das Gebäck. „Ach ja, das kleine Brot da vorn nehme ich auch noch."

Renate packte das Brot und die anderen Sachen in Papiertüten und reichte sie über die Theke.

„Vier Euro fünfzig, Frau Fernandez!" sagte sie.

„Hernandez!" antwortete ich und zwinkerte ihr zu.

Ich bezahlte und räumte die Tüten in meinen Korb. Ich wollte mich gerade verabschieden, als Herr Dieken sagte: „Warten Sie kurz auf mich?"

Ich nickte.

Herr Dieken bekam die Dinge, die er wohl immer dort einkaufte, denn Renate packte alles in eine Tüte, ohne nochmal zu fragen was er wollte.

Er winkte der Verkäuferin zu, hakte sich bei mir ein und öffnete die Ladentür.

„Brauchen Sie noch meine Hilfe?" fragte er draußen.

„Sie haben sich sicher gewundert, dass die persönlichen Dinge von Frau Petersen nicht mehr da sind!"

„Ja das stimmt. Haben Sie das veranlasst oder hat meine Tante das noch selbst gemacht?"

„Bevor sie ins Hospiz gegangen ist, hat sie mich beauftragt, alles zu entfernen", antwortete der Notar.

Er zog seine Kapuze wieder über seine dunklen Locken, denn es fing wieder stärker an zu regnen.

„Dann weiß ich Bescheid! Danke Herr Dieken!" Seine Anwesenheit machte mich unsicher.

„Ich heiße Jonas!" Er lächelte mich an.

„Leonie", antwortete ich.

„Dann wünsche ich Dir noch einen schönen Sonntag und einen guten Start in Wahnum. Ich wohne übrigens dort drüben." Er zeigte auf ein Haus aus dem typischen roten Backstein.

„Ich mache mich dann mal auf den Heimweg!" sagte ich.

Jonas schaute mir tief in die Augen. Seine glitzerten dunkel und geheimnisvoll.

Bevor ich wieder rot wurde, drehte ich mich um und sagte im Gehen: „Bis dann Jonas!"

Ich merkte, dass er mir nachsah. Ich wollte mich aber nicht umdrehen und ging mit schnellen Schritten weiter.

Zuhause angekommen stellte ich den Korb auf den Küchentisch. Die nasse Jacke und den Schirm legte ich auf einen Gartenstuhl auf der Terrasse.

Ich war immer noch in Gedanken bei Jonas Dieken. Er brachte mich total aus der Fassung. Und jetzt wohnte er auch noch hier im Ort. Bei dem Gedanken, ihn wahrscheinlich öfter zu sehen, hüpfte kurz mein Herz. Ich versuchte das zu ignorieren und deckte für mich allein den Frühstückstisch.

Es regnete fast den ganzen Tag. So hatte ich Zeit meine restlichen Kartons auszuräumen und meine persönlichen Sachen zu verstauen. Die leeren Kartons klappte ich zusammen.

Ich brachte sie in den kleinen Raum, der an das Gästezimmer angrenzte. Er wurde schon von Tante Petersen als Abstellraum genutzt. Hier standen auch die Putzeimer und der Staubsauger.

Am Nachmittag kochte ich mir eine Tasse von dem Ostfriesentee, den ich gefunden hatte und aß mein Croissant.

Kurz bevor es dunkel wurde kam die Sonne doch noch einmal zum Vorschein. Ich zog meine Regenjacke und Gummistiefel an. Ich wollte meine Nachbarschaft erkunden.

Da mein Haus am Ende der Straße lag, konnte ich von hier aus nur noch über den Fahrradweg weiterlaufen. Ungefähr dreihundert Meter weit entfernt lag einer der Bauernhöfe. Hier gab es auch einen Hofladen. Heute am Sonntag war geschlossen, aber auf einer Tafel konnte ich lesen, dass man hier Kartoffeln, Eier und verschiedene Gemüse kaufen konnte.

Auf einem Verkaufstisch, direkt am Wegrand, wurden Marmeladen und eingelegtes Gemüse angeboten. Daneben eine Spardose.

Wer wollte, konnte sich bedienen und das Geld in die Dose werfen. Hier auf dem Land vertraute man sich.

Ich nahm ein Glas mit Kirschmarmelade und warf etwas mehr, als den gewünschten Preis in die Spardose. Das Glas steckte ich in meine Tasche.

Ich lief noch etwas weiter am Deich entlang. Hier grasten Schafe. Die Lämmer hatten es mir angetan. Ich beobachtete sie eine Weile bis mir kalt wurde. Dann ging ich langsam nach Hause. Ich atmete tief die frische Luft ein. Diese Ruhe und Abgeschiedenheit taten mir gut. Ich merkte wie der Stress der letzten Wochen von mir abfiel. Kurz musste ich noch einmal an Markus denken. Es tat aber schon gar nicht mehr weh. Die Zeit mit ihm war schon in weite Ferne gerückt.

Am späten Abend kochte ich mir noch Spaghetti mit Tomatensauce. Die hatte ich mitgebracht. Morgen wollte ich dann unbedingt einkaufen gehen.

Die nächsten Tage verbrachte ich damit, mich weiter einzurichten. Ich ging einkaufen und besuchte den Hofladen. Überall stellte ich mich als neue Bewohnerin des Ortes vor. Ich wollte nicht mehr in der Anonymität der Stadt leben, sondern ein Teil der Dorfgemeinschaft werden.

Ab Mitte der Woche hatte ich auch Internet und konnte anfangen zu arbeiten. Es war einiges liegen geblieben und ich arbeitete zwei Tage bis in die Nacht, um alles aufzuarbeiten.

Am Wochenende war Ostern. Die ersten Touristen trafen ein und auf dem Deich waren einige Familien mit Kindern unterwegs.

Bei einem abendlichen Spaziergang sah ich, dass der Campingplatz auch gut besucht war.

Ostersonntag hatte ich keine Lust zu kochen und entschloss mich, mich von Hinnerk im *Wattwurm* verwöhnen zu lassen.

Es gab keinen freien Tisch mehr. Es war alles besetzt. Das hätte ich mir ja denken können. Ich schaute mich enttäuscht um, als mir Jemand auf die Schulter tippte.

Ich drehte mich um und sah in Jonas dunkle Augen.

„Hallo Leonie! Hast Du reserviert?" fragte er.

„Leider nein! Ich habe total unterschätzt, dass so viele Touristen unterwegs sind!" antwortete ich.

„Warte mal kurz." Jonas ließ mich stehen und ging schnurstracks in die Küche.

Der hatte ja Nerven. Hinnerk würde es bestimmt nicht gefallen, wenn die Gäste ihn störten.

Keine zwei Minuten später sah, ich wie Jonas mich zu sich in die Küche winkte.

Ich schüttelte den Kopf. Daraufhin kam Jonas zurück und zog mich einfach an der Hand hinter sich her.

„Wir können doch nicht…." fing ich an zu protestieren.

Jonas grinste und schob mich in die Küche, wo Hinnerk mir freundlich zuwinkte.

„Moin Leonie! Hast Du Hunger? Dann setz dich mal mit Jonas rüber zu uns in die Stube! Hildegard bringt Euch gleich was zu essen rüber!"

Ich war irritiert. Jonas ging voran zu einem Nebenraum. Ich folgte ihm zögernd.

Der Raum war wohl der Aufenthaltsraum von Hinnerk und Hildegard. In der Mitte war ein Tisch mit vier Stühlen. Es gab einen Schreibtisch mit vielen Ordnern und eine Kommode, auf der ein Radio stand, aus dem fröhliche Schlager ertönten.

Jonas drehte das Radio aus. Er setzte sich an den Tisch und zeigte auf den Stuhl neben sich.

„Setz Dich doch Leonie!"

„Gehst Du immer in die Küche eines Lokals oder ist das hier normal?" wollte ich wissen.

„Ich glaube nicht, dass meine Eltern mich rauswerfen, wenn ich in die Küche komme. Eigentlich bin ich hier in der Küche aufgewachsen!" Jonas grinste.

Ich schnappte nach Luft. Hinnerk und Hildegard waren Jonas Eltern!

In diesem Moment kam Hildegard zu uns. Sie lächelte, als sie mich und Jonas am Tisch sitzen sah.

„Was möchtet ihr beiden denn essen? Wir haben noch Schweinebraten oder Rouladen übrig. Es gibt auch noch Lachs mit Spinat!"

Ich musste erstmal verdauen, dass Jonas der Sohn von Hildegard war.

„Das hast Du nicht gewusst Leonie!" Hildegard lachte und wuschelte Jonas durch die Haare. „Jonas ist unser Jüngster! Unser großer Sohn Peter wohnt jetzt am Bodensee. Unsere

Schwiegertochter Sandra hat ihn dorthin entführt."

Jonas versuchte seine Haare wieder zu ordnen. Er bestellte für sich die Rouladen. Da ich nicht so gern Fleisch aß, entschied ich mich für den Lachs.

Hildegard verschwand wieder in der Küche. Es war viel zu tun.

„Kannst Du Dich nicht an mich erinnern?" fragte Jonas und sah mir dabei tief in die Augen. Ich schaute verlegen zur Seite.

„Sollte ich denn?" fragte ich stattdessen.

„Du warst doch als Kind öfter hier. Wir haben oft zusammen gespielt und im Watt nach Krebsen und Schätzen gesucht!"

Bei diesen Worten fiel mir auf einmal wieder alles ein. Natürlich war da immer ein kleiner pummeliger Junge, mit dem ich gespielt hatte. Das war Jonas?

„Es ist ja auch schon ewig her. Ich konnte mich aber gleich an das kleine Mädchen mit den wilden Haaren erinnern. Deine Tante hat immer wieder von Dir erzählt. Sie war meine Kindergärtnerin und Mutters Freundin. Ich habe sie sehr gemocht."

„Ich war als Kind sehr gern hier. Meine Mutter war ja die Cousine von Frau Petersen. Sie war etwas älter als meine Mutter, die Beiden haben sich aber immer gut verstanden. Allerdings hat meine Tante selten den Kontakt von sich aus gesucht.

Ich weiß noch, dass meine Mutter immer gesagt hat: „Wenn ich mich nicht manchmal bei Marie melde, dann hört man nichts von ihr!" sagte ich leise.

Jonas nickte. „Sie war eine sehr verschlossene Frau. Nur bei meiner Mutter konnte sie richtig aus sich heraus gehen und herzhaft lachen. Sie hat ihr Dinge anvertraut, die sie keinem anderen erzählt hat. Und meine Mutter hat nie etwas darüber erzählt. Man sollte es kaum glauben, aber sie kann auch schweigen!" Jonas lachte laut und ich musste grinsen.

Hildegard hatte ansonsten sicherlich das Herz auf der Zunge.

Hinnerk rief aus der Küche, dass wir unsere Speisen abholen konnten.

Jonas holte unsere Teller. Hildegard brachte uns in der Zwischenzeit ein Bier.

„Guten Appetit ihr beiden. Lasst es euch schmecken!" Dann verschwand sie schnell wieder im Gastraum.

Jonas und ich prosteten uns zu. Das Essen sah wie immer lecker aus.

Jonas erzählte mir, dass er den Kindergarten und meine Tante geliebt hatte.

„Deine Tante hatte eine Engelsgeduld. Ich weiß noch wie blöd ich mich beim Basteln angestellt habe. Sie hat mir dann geholfen und manchmal heimlich für mich die Bastelei fertiggestellt. Ich habe damals lieber Fußball gespielt oder mit einem süßen Mädchen im Sommer im Watt gebuddelt."

Er schaute zu mir rüber und lächelte. Mir wurde bewusst, dass er mich meinte und ich wurde mal wieder rot.

Dieser Jonas machte mich wirklich nervös. In seiner Nähe klopfte mein Herz schneller. Ich war verunsichert, weil ich dieses Gefühl bisher nicht kannte.

Ich aß schweigend weiter und sah Jonas heimlich von der Seite an. Er war einen Kopf größer als ich, sehr sportlich und mit seinen dunklen Haaren und Augen sehr attraktiv.

„Wie fällt Dein Urteil aus?" fragte Jonas plötzlich. Er hatte gemerkt, dass ich ihn gemustert hatte.

„Was meinst Du?" stotterte ich. Es war mir peinlich. Schnell trank ich von meinen Wein um nicht weiter antworten zu müssen.

Im Lokal wurde es langsam leerer. Hildegard kam zu uns in den Raum hinter der Küche. Das war mir sehr recht. Allein mit Jonas war ich sehr unsicher.

„Kann ich für morgen einen Tisch reservieren?" wollte ich wissen. „Ich habe meine Umzugshelfer zum Essen eingeladen. Ist noch etwas frei?" fragte ich Hildegard.

Sie ging an den Schreibtisch mit den Ordnern und zog einen Kalender hervor.

„Aber dann erst gegen vierzehn Uhr?" fragte sie.

„Sehr gerne. Wir sind dann zu dritt!" Hildegard notierte es im Kalender und kam wieder zu uns.

„Hast Du Dich schon etwas eingelebt Leonie?" wollte sie wissen.

„Eigentlich schneller als ich gedacht habe. Es ist, als ob das Haus mich in seine Arme genommen hat!" schwärmte ich.

„Das hast Du schön gesagt!" Jonas schaute erstaunt. „Diese poetische Ader hast Du von Deiner Tante. Sie hat auch manchmal die Dinge sehr schön formuliert!"

Hildegard nickte traurig. „Mariechen fehlt mir sehr!" Sie schnaufte in ein Taschentuch.

„Jonas zeigt Dir demnächst bestimmt gern ein paar schöne Plätze hier in der Gegend!" sagte sie dann.

Jetzt wurde Jonas rot. Er merkte, dass seine Mutter versuchte uns zu verkuppeln.

„Ich komme schon zurecht!" sagte ich. „Aber vielen Dank für das Angebot!"

„Was muss ich bezahlen?" fragte ich.

„Du bist eingeladen!" antwortete Hildegard. Sie schaute von mir zu Jonas, dann lächelte sie und ging in die Küche.

„Vielen Dank!" rief ich ihr nach. Ich stand auf und verabschiedete mich von Jonas.

„Ich würde Dir wirklich gern die Gegend zeigen!" sagte er jetzt.

„Danke, vielleicht nehme ich Dein Angebot einmal an. Zurzeit bin ich aber gern allein", antwortete ich.

Jonas schaute mich verwirrt an. „Oh, ich wollte nicht aufdringlich sein!"

„Das hat nichts mit Dir zu tun. Ich brauche nur im Moment etwas Zeit für mich!"

Ich stand auf und lächelte Jonas noch einmal zu. In der Küche verabschiedete ich mich von Hildegard und Hinnerk. Ich bedankte mich noch einmal und verließ mit klopfenden Herzen die Gaststätte.

Es tat mir leid, zum Schluss so abweisend zu Jonas gewesen zu sein. Aber die Trennung von Markus und meine Erfahrungen hatten mich vorsichtig gemacht. Und die Tatsache, dass Jonas mich so verunsicherte, machte es nicht besser.

Nachdenklich ging ich wieder nach Hause. Morgen wollten Sarah und Max kommen. Ich freute mich schon sehr. Vielleicht hatte ich ein paar Minuten Zeit einmal mit Sarah allein zu sein. Ich brauchte ihren Rat.

Am späten Nachmittag wurde es richtig warm. Ich ging auf dem Deich spazieren. Ganz in der Nähe des Hauses gab es eine Bank. Hier setzte ich mich in die Sonne und beobachtete die

Schiffe in der Ferne. Immer wieder gingen Spaziergänger an mir vorbei. Kinder suchten im Gras nach Ostereiern und jubelten, wenn sie etwas gefunden hatten. Ich musste daran denken, dass ich auch einmal als Kind an Ostern hier gewesen bin. Damals hatte ich auch mit Jonas gespielt. Er hatte im Watt eine schöne Muschel gefunden und sie mir geschenkt.

Der Gedanke an Jonas ließ mein Herz schneller klopfen. Ich versuchte an etwas anderes zu denken, es gelang mir aber nicht so richtig. Also stand ich auf und ging wieder nach Hause.

Ich wollte das Gästezimmer noch herrichten. Ich hoffte, dass Sarah und Max über Nacht blieben.

Am nächsten Morgen schien die Sonne schon früh von einem blauen Himmel. Ich öffnete die Terrassentür um die frische Morgenluft in das Haus zu lassen. Noch war die Luft kühl und vom Meer her wehte eine Brise.

Nach einem Kaffee ging ich in den Garten und wischte den Staub von den Gartenmöbeln. Bei diesem Wetter konnten wir nachmittags bestimmt draußen sitzen. Ich holte aus der Küche eine der blau-weißen Tischdecken und legte sie auf den Gartentisch. Ich war gerade wieder ins Haus gekommen, da hörte ich ein Auto vorfahren. Es waren Sarah und Max. Nach der Begrüßung drückte mir Sarah das übliche Geschenk zum Einzug in die Hand. Es gab Brot und Salz, damit man im neuen Zuhause immer genug zu essen hatte. Sie gab mir außerdem ein Geschenk, das sie schön verpackt hatte.

Wir setzten uns in die Küche. Ich schüttete den beiden erstmal einen Kaffee ein.

„Pack das Geschenk ruhig schon aus!" sagte Sarah. Sie war gespannt auf meine Reaktion.

Sie hatte mir ein Tagebuch geschenkt. Sarah strahlte und nahm mich in den Arm.

„Ich hoffe Du kannst ab jetzt nur schöne Dinge in das Tagebuch schreiben!" sagte sie und drückte mich.

„Das ist eine wunderschöne Idee", antwortete ich. „Ich freue mich sehr darüber!"

„Hast Du Dich denn schon etwas eingelebt?"
wollte Max wissen.

„Das ging ganz schnell. Ich habe das Gefühl, dass
ich schon ewig hier wohne. Ich kenne auch
schon ein paar Leute. Der Notar, der Tante
Petersen vertreten hat, wohnt auch hier im
Dorf."

„Seine Eltern sind Hinnerk und Hildegard aus
dem *Wattwurm*", sagte ich zu Sarah. „Die
kennst Du ja auch schon."

„Max, Du lernst sie heute auch kennen. Wir
gehen später dort zum Essen!"

„Wenn ihr wollte, können wir einen kleinen
Rundgang durch Wahnum machen. Die frische
Luft macht dann Appetit!"

Ich musste an die riesigen Portionen im
Wattwurm denken und grinste.

Wir liefen bei schönstem Wetter einmal um den
Ort bis zum Campingplatz. Hier gab es auch eine
kleine Pizzeria, die ich bis dahin noch nicht
kannte. An der Einfahrt zum Campingplatz gab

es einen Kiosk mit Dingen, die man als Camper so braucht.

„Das ist aber wirklich schön hier!" sagte Max. „Ich bin ja kein Fan vom campen, aber das ist echt idyllisch."

Sarah nickt. „Na Max, soll ich nächste Woche ein Zelt kaufen?" Sie lachte bei dem Gedanken, einen so spartanischen Urlaub zu machen. Sarah war mehr der Hotel mit 5 Sternen Urlaubstyp.

Max verdrehte die Augen, dann grinste er. „Dann quartiere ich mich lieber bei Leonie ein!"

„Das könnte Dir so passen!" Sarah streckte ihm die Zunge heraus.

Ich musste an den alten Spruch denken: Was sich neckt, dass liebt sich. Bei den beiden stimmte das genau.

Wir schlenderten über den Deich zurück bis an den Hafen. Es war kurz vor vierzehn Uhr. Als wir den *Wattwurm* betraten, empfing uns eine laute Geräuschkulisse. Das Lokal war wieder brechend voll. Ich wartete mit Sarah und Max an der Theke. Hildegard kam mit rotem Kopf aus der Küche. Sie war gestresst.

„Hallo Leute!" sagte sie außer Atem. Euer Tisch ist der da hinten am Fenster. Ihr müsst noch kurz warten. Die anderen Gäste haben schon bezahlt und gehen gleich."

„Kein Problem, wir warten hier", antwortete ich. In diesem Moment kam Jonas aus der Küche.

Er lächelte uns an und fragte: „Wollt ihr schon etwas zu trinken bestellen? Ich bin heute Aushilfe. Meine Mutter schafft es sonst nicht allein!"

Bei Jonas Anblick bekam ich weiche Knie. Ich stotterte: „Ich nehme ein Bier und ihr?"

Sarah und Max bestellten das Gleiche. Jonas nickte. Er ging an den Zapfhahn und stellte uns kurz darauf die Gläser auf die Theke.

Sarah schaute fasziniert zu Jonas hinüber. Er gefiel ihr anscheinend auch.

Wir sahen, dass die anderen Gäste sich erhoben. Wir nahmen unsere Gläser und setzten uns an den Tisch. Hildegard kam direkt und wischte über die Tischplatte. Dann reichte sie uns die Speisekarten.

Nach einer Weile kam sie wieder an den Tisch und wir bestellten unsere Speisen.

„Heute ist hier die Hölle los!" stöhnte Hildegard. „Jonas hilft uns, sonst ist es kaum zu schaffen."

Wir nickten verständnisvoll. Immer wieder kamen Gäste herein, die Hildegard oder Jonas vertrösteten.

Wir mussten ziemlich lange auf unser Essen warten. So hatten wir wirklich Hunger, als Jonas mit einem Tablett auf unseren Tisch zusteuerte.

Er stellte die Teller auf dem Tisch ab und wünschte uns guten Appetit.

Max strahlte, als er die Portionsgröße sah. Ich überlegte kurz, ob ich mir später den Rest meines Essens für zuhause mitgeben lassen sollte. Hinnerk hatte es wieder sehr gut gemeint.

Nach einer Weile leerte sich das Lokal. Jonas brachte uns noch einmal eine Runde Bier. Er war ziemlich reserviert. Ob es daran lag, dass viel zu tun war, oder das er nach meiner Reaktion zuletzt beleidigt war, konnte ich nicht einordnen.

„Für einen Notar schlägt dieser Jonas sich sehr gut hier im Service!" sagte Sarah und zwinkerte mir zu.

„Er ist ja hier im Lokal praktisch aufgewachsen. Er hat mir erzählt, dass er nach der Schule direkt hierher kam. Im Raum hinter der Küche hat er dann Schulaufgaben gemacht", antwortete ich.

„Gefällt er Dir?" fragte Max. Er war immer sehr direkt.

Ich wurde mal wieder rot. Nach einer Weile sagte ich dann diplomatisch: „Er hat mir bei der Erbschaft sehr geholfen. Tante Petersen hat ihn auch sehr gemocht. Schließlich ist er der Sohn ihrer besten Freundin!"

Max grinste, sagte aber nichts dazu.

Hildegard kam an den Tisch und fragte, ob es uns geschmeckt hatte. Sie setzte sich kurz zu uns. „Trinkt ihr mit mir einen Schnaps? Ich könnte jetzt einen gebrauchen! Das geht aufs Haus!"

Sie winkte Jonas zu: „Bring uns doch mal vier Küstenschnaps. Willst Du auch einen?"

Nach einer Weile kam Jonas mit fünf Schnaps auf einem Tablett zu uns.

„Darf ich mich auch dazusetzen?" fragte er.

„Ja klar!" sagte Max und rutschte einen Stuhl weiter.

Wir prosteten uns zu. Jonas sah mir dabei sehr lange in die Augen. Ich hielt diesmal dem Blick stand.

Nachdem ich bezahlt hatte, gingen wir zurück zum Haus. Auf der Terrasse im Garten genossen wir noch ein wenig die Sonne. Später spielten wir in der Küche Karten. Es wurde ein vergnüglicher Abend.

Irgendwann gähnte Max und meinte: „Ich geh jetzt ins Bett. Die frische Luft macht mich müde!"

„Ich komme auch gleich!" sagte Sarah.

Bevor auch sie sich ins Gästezimmer begab, setzte sie sich zu mir auf die Eckbank.

„Leonie, darf ich Dich was fragen?" Sie schaute mich von der Seite an.

Ich nickte.

„Kann es sein, dass dieser Jonas Dir nicht ganz gleichgültig ist?" fragte sie vorsichtig. „Ich habe gesehen wie ihr euch angeschaut habt. Außerdem hat Jonas Dich die ganze Zeit nicht aus den Augen gelassen. Ich habe ihn beobachtet!"

Ich schaute Sarah erstaunt an. Jonas hatte mich heimlich beobachtet?

„Ich finde ihn sehr nett!" sagte ich leise.

„Mehr nicht?

So nervös habe ich Dich noch nie in der Nähe eines Mannes gesehen!" antwortete Sarah.

„Er sieht verdammt gut aus und scheint sehr sympathisch zu sein."

„Er verunsichert mich tatsächlich", gab ich zu. Sarah konnte ich ohnehin nichts vormachen. „Ich habe aber erstmal die Nase voll von Männern!"

„Das kann ich verstehen. Lass es einfach auf Dich zukommen. Aber eine Chance würde ich ihm schon geben. Sonst kommt Dir eine Andere zuvor!" Sarah grinste.

Sie nahm mich in den Arm und sagte: „Gute Nacht Leonie. Ich gehe jetzt auch ins Bett. Schlaf schön und Danke für den schönen Tag!"

Ich konnte noch nicht schlafen. Ich war viel zu aufgewühlt. Ich konnte meine Gefühle nicht einordnen. So hatte ich noch nie gefühlt. War ich in Jonas verliebt? Das würde bedeuten, dass ich es bisher bei den anderen Männern, die in meinem Leben einmal eine Bedeutung hatten, nicht gewesen war. Waren das die berühmten Schmetterlinge im Bauch?

Ich trank noch ein Glas Wein und ging dann ebenfalls ins Bett.

Ich dachte, ich könnte kein Auge zumachen, war aber schon nach kurzer Zeit eingeschlafen.

Am nächsten Morgen klopfte es früh an meine Schlafzimmertür. Sarah kam leise in den Raum.

„Max ist schon zum Bäcker gefahren. Wir wollen heute das Frühstück machen."

Sie setzte sich zu mir auf das Bett. „Hast Du gut geschlafen?"

Ich nickte. „Wie ein Murmeltier! Und ihr? War das Bett nicht zu unbequem? Ich wollte bei Gelegenheit mal ein größeres kaufen!"

„Ich habe gut geschlafen, Max allerdings weniger. Er braucht seinen Platz!" Sarah lachte. „Aber für eine Nacht war es gut!"

„Ich gehe mal Kaffee kochen!" sagte ich und stand auf.

„Der Kaffee läuft schon. Geh ins Bad und mach Dich zurecht. Dann können wir auch bald frühstücken!"

Als ich nach der Dusche in die Küche kam, war Max auch schon wieder zurück.

„Guten Morgen!" sagte ich. „Ihr seid wirklich super Freunde. Ihr macht der Gastgeberin das Frühstück. Ihr könnt öfter kommen!"

Später kochte ich noch einmal Kaffee, denn wir saßen bis zum Mittag am Küchentisch. Sarah half mir noch das Geschirr zu spülen, dann wollten die beiden wieder los.

Max packte unterdessen die kleine Reisetasche. Am frühen Nachmittag machten sich die Beiden dann wieder auf den Weg nach Bremen.

Als ich wieder allein im Haus war, überkam mich plötzlich das Gefühl der Einsamkeit. Das hatte ich seit meinem Umzug das erste Mal. Um mich abzulenken setzte ich mich an den Schreibtisch und arbeitete konzentriert bis zum Abend.

Danach wollte ich noch einmal an die frische Luft. Heute war es sonnig, es gab aber einen frischen Wind. Deshalb zog ich meine Regenjacke an. Die Haare knotete ich zu einem

Zopf. Meine Mähne war sonst nicht zu bändigen.

Leider war die Bank auf dem Deich besetzt. Dort saß ein Mann in einem Parka.

Er hatte eine Base Cap auf und schaute auf das Meer hinaus. Als ich näher kam, erkannte ich Jonas. Er lächelte, als er mich sah.

„Hallo schöne Frau! So allein hier auf dem Deich?" Er winkte mich zu sich.

„Hallo Jonas! Jetzt sind wir ja beide nicht mehr allein hier", antwortete ich.

„Ich gehe abends gern noch etwas spazieren. Das macht den Kopf frei!"

Jonas nickte. „Das geht mir genauso. Ich brauche die frische Luft um die Nase. Ich sitze so oft und lange in der Kanzlei. Da braucht man einen Ausgleich. Setzt Du Dich zu mir?"

Ich nahm zögernd neben ihm Platz. So nah waren wir uns bisher noch nicht gekommen. Ich versuchte meine Nervosität in den Griff zu bekommen.

„Deine Eltern hatten an Ostern sehr viel zu tun. Schön, dass Du Ihnen geholfen hast!" sagte ich.

„Es gibt ein paar Tage im Jahr, da muss Ihnen Jemand unter die Arme greifen.

Eine Aushilfe, die regelmäßig kommt, können sie nicht bezahlen." Jonas schaute ernst. „Außerdem werden sie nicht jünger."

„Ich kann auch gern mal aushelfen", antwortete ich. Ich habe ja die Möglichkeit mir meine Arbeit einzuteilen. Ich mache das gern!"

Jonas sah mich erstaunt an. „Ich weiß gar nicht, was Du beruflich machst. Ich habe mich nur gewundert, dass Du in Bremen so schnell alle Zelte abgebrochen hast!"

Ich erzählte ihm, mit was ich mein Geld verdiente.

„Ich verstehe! Dann bist Du selbständig?" Ich nickte.

„Und Deine Eltern? Frau Petersen hat mal erzählt, dass sie in Spanien leben?"

„Das stimmt. Sie sind vor zehn Jahren in die Heimat meines Vaters gezogen. Sie leben in der Nähe von Valencia. Allerdings im Hinterland. Ich besuche sie immer im Spätsommer. Da ist es nicht mehr so heiß.“

Jonas lachte. „Du bist eine Halb-Spanierin die keine Hitze vertragen kann?“

„Was das angeht bin ich typisch Deutsch!“ Jetzt musste ich auch lachen.

Ich entspannte mich langsam und begann mich in Jonas Nähe sehr wohl zu fühlen. Wir schwiegen eine Weile, dann sagte Jonas: „Hast Du Lust einmal mit mir essen zu gehen? Nicht im *Wattwurm*. Vielleicht in Bremerhaven?“

Ich überlegte kurz und nickte dann. „Ja, sehr gern!“

„Ich mag Dich sehr Leonie!“ Jonas sah mir in die Augen. „Eigentlich schon seitdem ich ein kleiner dicklicher Junge war.“ Er lächelte.

Bei dem Gedanken an den kleinen Jonas, der immer wie eine Klette an mir hing, wenn ich hier

Urlaub gemacht hatte, überkam mich ein warmes Gefühl.

„Sollen wir noch etwas laufen? Es wird langsam kalt!" fragte Jonas.

Wir liefen noch eine Weile gemeinsam am Deich entlang.

Vor meiner Tür verabschiedete sich Jonas und schlenderte dann in Richtung Hauptstraße.

Als ich später allein war, merkte ich wie entspannt ich mich fühlte. Es gab da Jemanden, der mich mochte und es mir auch zeigte. In Jonas Nähe fühlte ich mich wohl und geborgen, obwohl er mich immer noch nervös machte, wenn er mich so intensiv ansah.

Ich machte mir einen Salat und setzte mich an den Küchentisch. Wie immer schaute mir der junge Marinesoldat auf dem Foto an der Wand, beim Essen zu.

Warum hatte meine Tante das Foto all die Jahre nicht gegen ein anderes ausgewechselt? Nur wegen eines Flecks an der Wand?

Ich stand auf und nahm das Bild ab. Ich staunte nicht schlecht, als dahinter weder ein Fleck noch ein Riss in der Wand waren. Ich wollte das Foto schon wieder aufhängen, da sah ich, dass auf der Rückseite des Rahmens ein Umschlag befestigt war. Ich war plötzlich ganz aufgeregt. Sollte ich den Umschlag öffnen?

Ich war neugierig. Ich hatte aber Hemmungen einfach einen Brief, der versteckt worden war, zu lesen.

Die Neugierde siegte aber schnell über die Bedenken. Ich löste den Umschlag vorsichtig vom Rahmen und legte das Foto auf den Tisch.

Dann öffnete ich mit klopfenden Herzen den Brief und begann zu lesen:

Meine geliebte Marie! Jede Stunde, die ich nicht bei Dir sein kann, ist verlorene Zeit für mich. Wenn ich auf See bin, dann denke ich jede freie Minute nur an Dich. Seit wir uns damals beim Tanzen kennengelernt haben, weiß ich, dass ich keine andere Frau so lieben werde wie Dich. Ich kann es kaum erwarten wieder bei Dir zu sein. Ich zähle die Tage bis ich Dich in meine Arme nehmen kann. Dein Paul.

Ich legte den Brief mit zitternden Fingern auf den Küchentisch. Der junge Mann auf dem Foto war kein Fremder für Tante Petersen. Er war ihr Freund, der sie anscheinend sehr geliebt hatte. Warum hatte sie ihn nicht geheiratet?

Warum hat sie nie über ihn gesprochen? Meine Mutter hatte immer gesagt, dass meine Tante mit ihrem Beruf verheiratet sei. Das war alles sehr geheimnisvoll.

Ich steckte den Brief in den Umschlag und klebte ihn wieder auf den Rahmen. Als ich das Foto wieder aufhängte, hatte ich plötzlich ein schlechtes Gewissen.

Ich schaute in die Augen des jungen Mannes und sagte leise: „Was ist damals passiert Paul? So heißt Du doch?"

Paul schaute mich unverändert lächelnd an. Er war mir plötzlich nicht mehr fremd. Wer solche wundervollen Briefe schrieb, konnte nur ein ehrlicher, verliebter Mann gewesen sein.

Ein anderer Gedanke kam mir plötzlich in den Sinn. Meine Tante hatte alle persönlichen Dinge aus dem Haus entfernt. Warum hatte sie das Foto mit dem Brief hängen lassen? Hatte sie es vergessen oder wollte sie, das es jemand findet?

Ich würde so schnell keine Antwort finden. Die Einzige, die mir weiterhelfen konnte, war Hildegard.

Vor ihr hatte Tante Petersen wahrscheinlich keine Geheimnisse gehabt. Ich wollte sie fragen, wenn wir uns das nächste Mal wiedersehen würden.

In der Nacht schlief ich schlecht. Ich träumte von dem jungen Mann auf dem Foto. Ich wollte ihn etwas fragen, aber immer wenn ich ihm gegenüber stand, dann wusste ich nicht mehr was ich fragen wollte.

Die nächsten Tage verliefen ohne besondere Vorkommnisse. Ich arbeitete viel, telefonierte regelmäßig mit Sarah und auch mit meinen Eltern. Abends machte ich weiterhin meinen Spaziergang auf dem Deich. Leider traf ich Jonas nicht. Vielleicht hatte er viel zu tun.

Am Freitagabend ging ich mal wieder in den *Wattwurm*. Heute war es nicht so voll. Ich konnte mich gleich wieder an den kleinen Tisch am Fenster setzen. Hinnerk stand gähnend hinter der Theke. Er zapfte sich ein Bier und rief mir zu: „Moin Leonie, möchtest Du etwas essen?"

Ich nickte. Er ging in die Küche. Nach kurzer Zeit kam Hildegard an meinen Tisch.

„Hallo Leonie! Heute gibt es eine vegetarische Lasagne. Du magst doch nicht so gern Fleisch, stimmt's?"

„Das hört sich super an. Ich nehme die Lasagne und ein Glas Rotwein." antwortete ich.

Hildegard lächelte, wischte über den ohnehin sauberen Tisch und verschwand wieder in der Küche. Das Lokal leerte sich langsam.

Nachdem ich gegessen hatte, hoffte ich, dass Hildegard Zeit hatte, sich an meinen Tisch zu setzen. Sie unterhielt sich gern mit den Gästen. So erfuhr sie immer die Neuigkeiten aus dem Dorf.

Nach einer Weile kam sie auch an den Tisch um den Teller abzuräumen.

„Hast Du einen Moment Zeit Hildegard?" fragte ich.

„Ja sicher!" antwortete sie erfreut und setzte sich gleich neben mich.

„Darf ich Dich etwas über meine Tante fragen?" Ich schaute Hildegard gespannt an. Sie schaute erstaunt und runzelte etwas die Stirn. Dann antwortete sie vorsichtig: „Was möchtest Du denn wissen?"

„In der Küche meines Hauses hängt das Foto eines jungen Mannes in Marineuniform. Ich habe dahinter versteckt einen Liebesbrief an meine Tante gefunden. Weißt Du etwas über diesen Mann?"

Hildegard schaute auf den Tisch und versuchte nervös ein paar Krümel wegzuwischen. Ich merkte, dass ihr die Frage unangenehm war. Es fiel ihr schwer zu antworten.

Irgendwann seufzte sie und sagte: „Auf dem Foto ist Paul zu sehen. Er war die große Liebe Deiner Tante! Mehr möchte ich aber noch nicht sagen. Ich habe Marie vor ihrem Tod versprochen, Dir irgendwann alles zu erzählen. Aber noch ist es nicht soweit!" sagte sie geheimnisvoll.

Ich war irritiert. Was konnte das bedeuten? Jetzt war ich noch gespannter, was sich hinter den Andeutungen verbergen würde.

Auf dem Heimweg ließ ich mich wieder auf meiner Bank auf dem Deich nieder. Mir gingen viele Gedanken durch den Kopf, so dass ich gar nicht merkte, dass Jonas auf einmal neben mir stand.

„Hallo Leonie, wie geht's?" fragte er. „Darf ich mich setzen?"

„Natürlich, setz Dich!" Ich rutschte etwas zur Seite.

„Ich war eben im *Wattwurm* essen!" sagte ich.

„Ich weiß, ich war auch gerade dort. Meine Mutter hat mir gesagt, dass Du vor ein paar Minuten gegangen bist. Ich hatte gehofft, dass Du hier bist!"

Jonas schaute in die Ferne und seufzte: „Endlich Wochenende. Diese Woche hatte ich wahnsinnig viel zu tun. Ich bin richtig gestresst!"

„Ich habe Dich hier auf der Bank vermisst!" antwortete ich. „Ich habe mir schon gedacht, dass Du viel zu tun hattest!"

„Du hast mich vermisst? Was für ein schönes Kompliment!" Jonas strahlte mich an.

„Es ist schöner zu zweit hier zu sitzen!" sagte ich leise. „In Bremen habe ich gar nicht gemerkt, wie allein ich wirklich war."

Ich war selbst überrascht, dass ich Jonas meine Gefühlte anvertraute.

„Eigentlich bin ich fast schon aus Bremen weggelaufen. Dass ich mich so schnell entschlossen habe hierher zu ziehen, war teilweise ein Mann schuld."

Jonas sah mich verwundert an. „Was ist passiert?"

Ich erzählte ihm von Markus und das das Erbe genau zur rechten Zeit gekommen war.

„Ich habe dieses Haus immer geliebt. Eigentlich ist es mir letztendlich sehr leicht gefallen in Bremen alles hinter mir zu lassen."

Jonas hatte mir zugehört ohne mich zu unterbrechen. Jetzt sagte er: „Das tut mir leid Leonie. Dieser Markus ist ein Idiot. Aber ich bin froh, dass Du jetzt hier bist!"

Dann nahm er mein Gesicht in beide Hände und küsste mich zärtlich. Ich ließ es geschehen, weil ich es mir schon lange gewünscht hatte.

„Ich hätte nie gedacht, dass das hier jemals geschehen würde. Schon als kleiner Junge habe ich mir gewünscht, Dich im Arm zu halten!" Jonas küsste mich noch einmal.

„Wir waren damals noch Kinder. Ich habe mich immer gefreut, Dich in den Ferien zu sehen. Aber an einen Kuss habe ich damals nicht gedacht!" Ich lächelte.

„Na ja! So richtig habe ich es mir auch erst gewünscht, als Du das erste Mal in meine Kanzlei gekommen bist! Aber ich habe Dich nie ganz aus den Augen verloren. Durch Deine Tante war ich immer auf dem Laufenden. Allerdings ist euer Kontakt in der letzten Zeit leider abgebrochen."

„Ich weiß und ich habe auch ein sehr schlechtes Gewissen ihr gegenüber. Durch mein Studium und mein nicht immer einfaches Privatleben habe ich sie vernachlässigt!"

Es machte mich traurig, dass ich es jetzt nicht mehr nachholen konnte.

„Sie hat es Dir doch verziehen. Deine Tante hat Dich sehr lieb gehabt. Erst Recht, weil sie keine eigenen Kinder hatte. Es war immer klar, dass Du einmal das Haus bekommst." Jonas streichelte meine Hand. Dann küsste er mich noch einmal. Er legte seinen Arm um mich. Wir saßen noch eine Weile zusammen und genossen die Nähe zueinander.

„Darf ich Dich morgen zum Essen einladen?" fragte Jonas. „Ich würde Dich gern morgen Abend um achtzehn Uhr abholen?"

„Sehr gerne. Ich freue mich sehr!" antwortete ich. In diesem Moment wusste ich, dass ich das erste Mal in meinem Leben wirklich verliebt war.

Jonas brachte mich noch bis vor die Tür. Wir küssten uns noch einmal zum Abschied.

„Bis morgen!" sagte Jonas.

Als ich die Tür hinter mir schloss, merkte ich erst, dass ich zitterte. Dieses intensive

Glückgefühl kannte ich bisher nicht. Ich hätte tanzen und singen können und ich freute mich unendlich, dass ich Jonas am nächsten Tag wiedersehen würde.

Am nächsten Tag arbeitete ich ein paar Stunden im Garten um mich abzulenken.

Ich war aufgeregt und freute mich sehr, mit Jonas den Abend zu verbringen.

Am Nachmittag war ich fertig mit Unkraut zupfen und Hecken schneiden. In das Hochbeet hatte ich Kräuter gepflanzt, die ich im Hofladen gekauft hatte. Auf der Terrasse standen jetzt Kübel mit Sträuchern und Blumen, die Wind und Wetter trotzen konnten.

Ich kochte mir einen Kaffee und genoss die Aussicht auf meinen schönen ordentlichen Garten. Seitlich neben dem Haus gab es noch ein Beet, das ich mit Salaten und Tomaten bepflanzen wollte. Ich konnte mich daran erinnern, dass Tante Petersen dort früher auch einen Gemüsegarten hatte.

Als die Sonne langsam verschwand, ging ich ins Haus und machte mich im Badezimmer für den Abend zurecht. Ich schminkte mich dezent und versuchte meine Haare zu bändigen.

Ich legte noch etwas Parfum auf, als es an der Tür klopfte.

Ich öffnete und sah in Jonas begeistertes Gesicht.

„Du siehst wunderschön aus Leonie. Wie ein dunkelhaariger Engel!" Er beugte sich zu mir hinunter und küsste mich leidenschaftlich.

„Ich kann aber auch ein Teufel sein!" sagte ich, nachdem ich wieder zu Atem gekommen war.

Jonas lachte. „Das habe ich befürchtet. Du warst schon als Kind sehr temperamentvoll. Erinnerst Du Dich an den Tag, als ich auf dem Spielplatz am Deich zuerst schaukeln wollte?"

In meiner Erinnerung sah ich plötzlich ein kleines, wütendes Mädchen in einem geblümten Sommerkleidchen vor mir. Ich hatte mich einfach dicht vor Jonas gestellt, so dass er nicht schaukeln konnte. Mit gekreuzten Armen vor der Brust weigerte ich mich Platz zu machen. So gab Jonas nach ein paar Minuten auf und gab mit den Vortritt auf der Schaukel. Bei dem Gedanken musste ich lachen.

„Ich sehe, Du erinnerst Dich!" sagte Jonas und lachte auch.

Wir fuhren in Jonas Auto nach Bremerhaven. Er hatte dort in einem Restaurant auf einem Museumsschiff einen Tisch reserviert.

Als wir das Schiff betraten, kam ein Kellner auf uns zu und zeigte uns unseren Tisch, der sehr geschmackvoll eingedeckt war. Von hier aus hatte man einen schönen Blick auf den Hafen.

Es wurde ein wundervoller Abend. Wir unterhielten uns angeregt. Immer wieder ergriff Jonas meine Hand und streichelte sie, dabei schaute er mir tief in die Augen. Irgendwann wurde er plötzlich sehr ernst.

„Was ist los?" fragte ich ihn. „Du siehst auf einmal so traurig aus."

„Ich muss Dir etwas sagen Leonie."

Jonas druckste herum, dann sagte er: „Ich war schon einmal verheiratet. Meine Ex-Frau lebt jetzt mit ihrem neuen Mann in Bayern. Es war damals nach der Trennung eine schwere Zeit für mich."

„Warum habt ihr Euch denn getrennt, oder ist die Frage zu indiskret?" wollte ich wissen.

„Meine Frau hatte Depressionen. Sie hat sich so sehr ein Kind gewünscht. Es hat aber nicht geklappt. Wir haben alles versucht und waren bei etlichen Spezialisten. Sie wurde aber nicht schwanger. Sie hat damals jedem die Schuld gegeben. Natürlich auch mir!" Es fiel Jonas sehr schwer darüber zu sprechen.

„Das geht vielen Frauen so. Oft klappt es erst, wenn man es nicht mehr erzwingen will!" sagte ich.

„Das hat sie aber nicht so gesehen. Sie war ständig deprimiert und ungerecht. Schließlich hat sie sich in eine neue Beziehung gerettet!"

„Das tut mir sehr leid für Dich. Danke das Du es mir erzählt hast", sagte ich.

Jonas atmete auf. Er beugte sich zu mir und flüsterte: „Du glaubst gar nicht wie erleichtert ich bin. Ich wollte, dass nichts zwischen uns steht."

Er trank einen Schluck Wein, dann schüttelte er seine Gedanken ab und sagte: „Ich bin froh, dass es ausgesprochen ist. Lass uns jetzt aber über etwas anderes reden. Gefällt es Dir hier?"

„Es ist wirklich sehr schön hier und das Essen ist phantastisch. Fast so gut wie bei Hinnerk!" Ich lachte und zwinkerte Jonas zu.

Später brachte Jonas mich nach Hause. Er küsste mich zum Abschied. Ich überlegte, ob ich ihn noch einladen sollte, aber es erschien mir noch zu früh.

Ich konnte lange nicht einschlafen. Ich ging ins Wohnzimmer und setzte ich mich an den

Schreibtisch und versuchte noch etwas zu arbeiten.

Da ich ständig an Jonas denken musste, kam ich aber nicht wirklich weiter.

Also ging ich ins Bett. Ich lag noch lange wach in dieser Nacht.

Am nächsten Tag ging ich am Nachmittag auf dem Deich spazieren. Es war Ebbe und ich entschloss mich, etwas ins Watt hinaus zu laufen. Das hatte ich als Kind schon immer sehr gern gemacht. Ich zog meine Gummistiefel und die Socken aus und lief im warmen Watt ein Stück hinaus. Es war ein wunderbares Gefühl. Vor mir versteckten sich schnell kleine Krabben und ein paar Wattwürmer reckten vorsichtig den Kopf aus dem Schlamm.

Ich lief immer weiter und vergaß die Zeit. Als ich mich umdrehte, sah ich, dass ich schon weit vom Ufer entfernt war. Die Flut hatte eingesetzt und das zurückfließende Wasser umspielte bereits meine Füße. Ich bekam Angst. Ich war viel zu unvorsichtig gewesen. Meine Tante hatte mich als Kind immer davor gewarnt, zu weit ins Watt zu laufen.

Ich schaute in Richtung Deich und sah eine Person wild winken. Was sie rief konnte ich nicht verstehen. Ich lief jetzt schneller, denn das Wasser stieg immer höher. Plötzlich durchfuhr mich ein stechender Schmerz. Ich hob den Fuß und sah, dass ich stark blutete. Ich war in eine abgebrochene Muschel getreten. Jetzt humpelte ich vorsichtig weiter. Die Person war den Deich hinunter gelaufen und lief mir entgegen. Jetzt konnte ich hören wie sie rief: „Lauf schneller Leonie, das Wasser kommt immer näher."

„Ich kann nicht schneller! Ich habe mich verletzt!" schrie ich laut.

Jetzt konnte ich erkennen, dass es Hinnerk war, der mir entgegenlief. Er hatte mich bald erreicht und stützte mich, damit ich besser vorwärts kam.

„Mädchen, was machst Du denn? Weißt Du nicht wie gefährlich es ist allein ins Watt zu laufen." Er schüttelte wütend den Kopf.

„Ich habe die Zeit vergessen da draußen. Es tut mir leid!" schluchzte ich. Ich hatte Schmerzen und schämte mich, dass ich so dumm war.

Als wir das Ufer erreichten, ging mir das Wasser schon bis zum Oberschenkel. Das war knapp.

Ich setzte mich ins Gras und Hinnerk schaute nach meiner Verletzung.

„Das sieht nicht gut aus. Das muss sauber gemacht werden, sonst entzündet sich der Schnitt. Komm mit in den *Wattwurm*. Ich helfe Dir!"

Ich nickte und ließ mir von ihm aufhelfen. Dann humpelte ich an seiner Seite zum Lokal.

„Komm in die Küche!" sagte Hinnerk. Er ging voraus und öffnete einen Verbandskasten, der an der Wand hing.

In diesem Moment kam auch Hildegard in die Küche. Als sie mich mit dem blutenden Fuß sah, schob sie Hinnerk an die Seite und übernahm die Wundversorgung. Ich sah, dass sich Hinnerk erleichtert auf einen Stuhl setzte.

„Hinnerk kann kein Blut sehen, ich mache das lieber!" Hildegard zwinkerte mir zu.

Sie säuberte die Wunde, schmierte eine Salbe darauf und wickelte dann einen Verband um den Fuß.

„Wie ist das denn passiert?" fragte sie besorgt.

„Das Mädel ist ins Watt rausgelaufen. Sie hat gar nicht gemerkt, dass sie Flut kam. Das hätte ins Auge gehen können!" brummelte Hinnerk.

„Ich habe auf eine kaputte Muschel getreten. Danach konnte ich nur noch humpeln", antwortete ich leise.

Hildegard drückte mich. Dann ging sie an die Theke und schenkte mir einen Schnaps ein.

„Trink das auf den Schrecken. Deine Hose ist ganz nass. Ich schau mal, ob ich was zum Umziehen für Dich finde!"

Ich schaute schuldbewusst zu Hinnerk hinüber. Der kratzte sich am Kopf und lachte.

„Ich wollte schon immer eine hübsche junge Frau an Land ziehen!" sagte er und schlug sich auf die Schenkel.

Jetzt musste ich auch lachen. Ich war unendlich erleichtert, dass Hinnerk mir geholfen hatte. Nie wieder würde ich allein ins Watt laufen.

Hildegard legte eine graue Jogginghose auf den Tisch.

„Die kannst Du überziehen, sonst bekommst Du noch eine Erkältung!"

Ich nahm die Hose und ging in den Raum hinter der Küche. Dort zog ich meine nasse Jeans aus und die Jogginghose an. Sie war drei Nummern zu groß, aber schön warm.

Ich steckte die Hosenbeine in die Gummistiefel und humpelte zurück in die Küche.

Ich bedankte mich herzlich bei Hildegard und Hinnerk und humpelte langsam nach Hause. Ich musste immer wieder anhalten, damit ich die

Hose hochziehen konnte. Es war wahrscheinlich ein Bild für die Götter. Ich war froh, dass ich keinem begegnete.

Zuhause duschte ich lange, nachdem ich meinen Fuß in eine Plastiktüte gesteckt hatte. So wurde der Verband nicht nass.

Dann nahm ich eine Schmerztablette und legte mich auf die Couch. Der Fuß pochte, doch langsam wirkte das Schmerzmittel und ich schlief erschöpft ein.

Eine Stunde später erwachte ich, weil es an der Tür klopfte. Ich stand auf und humpelte in den Flur. Durch die kleine Scheibe in der Tür konnte ich Jonas erkennen. Mein Herz pochte gleich wie wild. Ich öffnete die Tür.

Jonas schaute mich mitleidig an. Er sah auf meinen Fuß und fragte: „Alles okay Leonie. Ich habe von meiner Mutter gehört, dass Du heute Nachmittag aus dem Watt gerettet werden musstest?"

Ich nickte schuldbewusst. „Magst Du reinkommen?"

Jonas lächelte und ich ließ ihn ins Haus.

„Möchtest Du etwas trinken?" fragte ich, als wir das Wohnzimmer betraten. „Ich hätte noch eine Flasche Rotwein."

„Ja gerne!" Jonas schaute sich um. Er lächelte. „Viel hast Du hier ja nicht verändert!"

„Ich finde, die Möbel passen perfekt in dieses alte Haus. Warum sollte ich es verändern? Außerdem hatte meine Tante einen guten Geschmack."

Jonas nickte. „Es passt außerdem auch gut zu Dir."

Ich reichte ihm das Weinglas. „Setz Dich doch!" Ich nahm neben ihm auf der Couch Platz.

Wir tranken einen Schluck Wein. Dann stellte Jonas sein Glas auf den Tisch. Er drehte sich zu mir und nahm mich in den Arm. Wir küssten uns lange.

„Man kann Dich ja wirklich nicht alleine lassen!" sagte Jonas. „Hast Du noch Schmerzen?"

Ich schüttelte den Kopf. „Nach der Tablette geht es jetzt besser. Ich kann nicht auftreten. Das ist alles!"

„Dann muss ich Dich wohl tragen!" Jonas hob mich auf seine Arme und trug mich ins Schlafzimmer.

Er lächelte und ich wusste, dass es die richtige Entscheidung war.

Am nächsten Morgen blieben wir noch lange im Bett. Wir liebten uns und lagen dann erschöpft nebeneinander. Ich hatte so etwas vorher noch nie gefühlt. Ich kuschelte mich in Jonas Arm und fühlte mich unendlich geborgen.

Als Jonas später unter der Dusche stand, deckte ich uns den Tisch auf der Terrasse.

Er kam in den Garten und umarmte mich. „Du bist wunderschön Leonie. Die Nacht mit Dir war einfach unbeschreiblich!"

„Ich wusste nicht, dass es so sein kann. Ich habe noch nie so empfunden!" Ich lehnte meinen Kopf an Jonas Brust.

Nach dem Frühstück räumten wir gemeinsam das Geschirr in die Küche, als Jonas plötzlich sagte: „Ihr könnt Euch wohl beide nicht von diesem alten Foto trennen!"

Er zeigte auf das Foto von dem jungen Marinesoldaten.

„Ich muss Dir etwas zeigen. Ich habe nicht gewusst, dass das Foto ein Geheimnis birgt!"

Ich nahm den Rahmen von der Wand und löste den Umschlag ab. Jonas schaute erstaunt: „Ein Geheimnis? Du machst mich neugierig!"

Ich reichte Jonas den Brief. Er las ihn und schaute mich verwundert an.

„Deine Tante ist selbst jetzt noch für eine Überraschung gut. Das sie mal mit einem Mann zusammen war, hat meine Mutter nie erwähnt."

Ich nickte nachdenklich. „Es ist schon komisch, dass sie selbst meiner Mutter nichts von ihm erzählt hat", sagte ich.

„Wo mag er jetzt sein? Ob er sie damals verlassen hat und sie hat sich geschämt? Deine

Mutter weiß mehr. Sie hat so etwas angedeutet, als ich sie zuletzt darauf angesprochen habe!"

„Das kann gut sein. Die beiden Frauen haben oft zusammen gesessen. Meine Mutter war die einzige Freundin die Deine Tante hatte. Ansonsten gab es für sie nur die Kinder", antwortete Jonas.

Ich nahm das Foto und hängte es wieder an seinen Platz.

„Vielleicht sollte es für immer ein Geheimnis bleiben!" sagte Jonas.

„Deine Mutter meinte, dass sie mir die Geschichte zu einer passenden Gelegenheit erzählen will. Jetzt sei es noch nicht soweit!"

„Sehr mysteriös!" Jonas schüttelte den Kopf. „Welche Gelegenheit sollte das sein?"

Ich zuckte mit den Schultern. „Wir werden sehen!"

In den nächsten Tagen sah ich Jonas fast jeden Abend. Er kam zu mir, wenn er in der Kanzlei fertig war. Wir liebten uns jede Nacht. Ich war noch nie so glücklich.

Nachdem ich wieder richtig laufen konnte traf ich mich mit Sarah in Bremen und erzählte ihr die Neuigkeiten.

„Ich wusste doch gleich, dass es zwischen Euch gefunkt hat. Diese Blicke, die ihr euch zugeworfen habt, sprachen Bände.

Ich hoffe, nein ich weiß, dass Jonas der Richtige für Dich ist. Vertraue Deiner alten Freundin!" sagte sie lachend.

Ein paar Tage später fragte Jonas auf einmal: „Ich brauche unbedingt Urlaub. Sollen wir einfach die Koffer packen und verreisen?"

Ich überlegte kurz. Mit meinen Aufträgen lag ich gut in der Zeit. Ich konnte mir ein paar Tage Urlaub gönnen.

„Ich wüsste auch schon wohin wir reisen könnten!" sagte ich vorsichtig.

„Wohin meinst Du?" Jonas küsste mich auf die Nasenspitze.

„Hast Du Lust meine Eltern kennen zu lernen? Wir könnten uns auf der Finca einquartieren. Dort gibt es Platz genug!"

Jonas überlegte kurz, dann küsste er mich noch einmal. „Gute Idee! Frag Deine Eltern, ob es ihnen Recht ist und dann buche ich einen Flug!"

Am Abend rief ich meine Eltern an. Sie waren begeistert, als ich ihnen sagte, dass ich sie besuchen wollte.

„Ich komme aber nicht allein!" sagte ich aufgeregt.

Ich erzählte meinen Eltern von Jonas und mir.

„Wer hätte gedacht, dass der kleine Junge von damals Dein Herz so im Sturm erobern würde!" Meine Mutter lachte.

„Ihr seid herzlich willkommen. Ich richte Euch den kleinen Anbau her. Dort seid ihr ungestört!"

In der nächsten Woche packten wir unsere Koffer und flogen nach Spanien.

Meine Eltern ließen es sich nicht nehmen, uns vom Flughafen abzuholen.

Ich sah meine Mutter schon von weitem winken. Mein Vater drückte mich so fest, dass ich fast keine Luft bekam. Auch Jonas wurde sofort stürmisch begrüßt.

Wir gingen gemeinsam zum Parkplatz, wo mein Vater wie immer fast quer in der Parklücke stand. Es hatte sich nichts verändert.

„Meine Mutter flüsterte leise: „Jonas ist ein wirklich attraktiver Mann geworden. Ich habe ihn aber auch schon damals gemocht. Ich weiß noch, wie er einmal fast geweint hat, als ich Dich wieder bei Marie abgeholt habe."

Ich musste lächeln. Daran konnte ich mich auf einmal auch erinnern.

„Ihr seht sehr verliebt aus!" sagte meine Mutter. Sie legte ihren Arm um meine Taille und drückte mich.

Bis zur Finca brauchten wir eine Stunde. Mein Vater unterhielt sich angeregt mit Jonas. Ich merkte, dass sein Deutsch schon nicht mehr so fließend war. Manche Worte hatte er schon wieder vergessen.

Als wir von der Hauptstraße auf den Feldweg abbogen, schaute mich Jonas begeistert an.

„Das ist ja wunderschön hier. Diese vielen Orangen-und Olivenbäume habe ich nicht erwartet."

„Das ist Julios Reich!" sagte meine Mutter. „Ich habe dafür meinen Garten am Haus."

Mein Vater hielt vor der Finca. Wir holten unsere Koffer und gingen um das Haus herum. Dort gab es einen kleinen Anbau, den meine Eltern zu einer Ferienwohnung umgebaut hatten. Ich hatte immer meinen Urlaub hier verbracht.

Nachdem wir unsere Sachen verstaut hatten, machten wir einen Spaziergang durch den Olivenhain.

Jonas hatte seinen Arm um mich gelegt. Im Schatten eines Baumes blieben wir stehen und küssten uns.

„Es ist wundervoll hier. Ich kann Deine Eltern verstehen, dass sie sich hier niedergelassen haben!"

Ich nickte. Mir gefiel es auch sehr gut in Spanien. Aber das Haus hinter dem Deich war jetzt mein Zuhause.

Am Abend, nachdem es etwas kühler wurde, bereitete mein Vater auf der Terrasse eine Paella zu. Die große Pfanne stand auf dem typischen Gestell windgeschützt in einer Ecke.

Ich half meiner Mutter beim Tisch decken. Jonas goss uns einen Rotwein ein und stellte sich dann neben meinen Vater.

„Das sieht ja schon sehr vielversprechend aus!" sagte er.

Mein Vater schaute stolz. Paella zubereiten war ausschließlich seine Aufgabe. Er ließ keinen anderen an die Pfanne.

„Morgen lassen wir Euch mal in Ruhe!" sagte meine Mutter und zwinkerte mir zu.

Nachdem wir gegessen hatten, verabschiedeten wir uns von meinen Eltern. Wir waren sehr müde.

Katrin, so heißt meine Mutter, drückte uns und mein Vater sagte: „Schlaft gut. Und was Ihr heute träumt geht in Erfüllung!"

Am nächsten Morgen erwachte ich früh. Ich stand auf und duschte lange. Dann zog ich ein leichtes Sommerkleid an. In der Zwischenzeit kam auch Jonas ins Badezimmer.

„Du bist schon angezogen?" fagte er enttäuscht. „Nackt gefällst Du mir besser, aber das Kleid ist auch sehr sexy!" Er grinste und küsste mich leidenschaftlich.

Wir landeten wieder im Bett. Als wir später zu meinen Eltern hinüber gingen, war mein Vater schon wieder beschäftigt.

Meine Mutter hatte uns eine Kanne mit Kaffee und einen Teller mit kleinen Kuchen hingestellt. Die Spanier frühstücken selten.

„Ihr könnt gern das Auto nehmen. Wir brauchen es selten." Meine Mutter kam gerade in die Küche, als ich Jonas den Kaffee einschenkte.

„Dann lass uns doch heute an den Strand fahren!" Ich schaute Jonas fragend an.

„Das machen wir. Wir wohnen zwar auch am Meer aber baden können wir selten. Entweder ist Ebbe oder es ist zu kalt!" sagte Jonas an meine Mutter gewandt.

Später packten wir ein paar Handtücher und Sonnencreme zusammen. Unsere Badesachen hatten wir schon angezogen. Ich nahm noch eine Flasche Wasser und etwas Obst mit.

Mit dem Auto brauchten wir eine halbe Stunde bis zum Meer. Wir parkten im Schatten einer Pinie.

Ich holte die Strandtasche vom Rücksitz und ging mit Jonas Hand in Hand durch den Sand. Jetzt im Mai war es noch nicht so heiß. Aber die Sonne hatte trotzdem schon Kraft. Ich hatte durch meinen dunklen Teint weniger Probleme mit Sonnenbrand, aber Jonas war noch blass.

Wir cremten uns gegenseitig ein. Dann legten wir uns erst einmal zum Sonnen auf das große Handtuch.

„Wir sind erst seit gestern hier, aber ich bin schon völlig entspannt!" sagte Jonas.

„Wir werden die Tage genießen. Wenn wir das Auto öfter haben können, dann zeige ich Dir auch noch etwas von der Gegend."

Jonas drehte sich auf den Bauch. Er rutschte dicht neben mich, dann küsste er mich und sagte leise: „Ich liebe Dich Leonie. Du machst mich unendlich glücklich!"

Ein wahnsinniges Glücksgefühl durchströmte mich. Ich konnte nur noch: „Ich liebe Dich auch!" sagen, dann kamen mir die Tränen. Ich weinte vor Glück.

Wir verbrachten noch eine wunderschöne, unbeschwerte Zeit in Spanien. Ich zeigte Jonas meine Lieblingsplätze in der Umgebung. Wir liefen stundenlang am Strand entlang und konnten die Hände nicht vom anderen lassen.

An unserem letzten Abend hatten wir meine Eltern ins nächste Dorf zum Essen eingeladen. Hier gab es eine urige Bodega mit leckeren spanischen Spezialitäten. Wir saßen im Innenhof des Gebäudes. Hier spendeten alte Bäume Schatten.

Als die Vorspeise kam, sagte mein Vater feierlich: „Deine Mutter und ich sind überglücklich, dass Ihr Beide Euch so gut versteht. Ich hoffe, Ihr kommt uns ganz bald wieder besuchen!"

Jonas und ich nickten gleichzeitig. Ich gab meinem Vater einen Kuss auf die Wange und versprach, dass wir uns bald wiedersehen werden.

Am nächsten Tag flogen wir in der Frühe zurück nach Deutschland. Es tat mir weh, meine Eltern zu verlassen, aber ich freute mich auch schon wieder auf mein Zuhause.

Nach dem Urlaub hatte ich ein paar Tage viel zu tun. Auch Jonas war abends lange in der Kanzlei. Es war einiges liegen geblieben. Wir telefonierten mehrmals am Tag. Trotzdem fehlte mir Jonas sehr.

Am Freitagabend wollte Jonas zu mir kommen. Wir wollten gemeinsam kochen. Ich hatte schon alles eingekauft und bereitete schon ein paar Kleinigkeiten vor.

Ich schaute auf die Uhr. Jonas wollte doch schon lange hier sein. Ich rief ihn auf seinem Handy an, aber es ging nur der Anrufbeantworter an.

Als Jonas zwei Stunden später immer noch nicht da war, wurde ich unruhig. Er war nach wie vor telefonisch nicht zu erreichen.

Ich lief unruhig im Haus hin und her und erschrak, als es an der Tür klopfte. Ich lief schnell um zu öffnen und war erschrocken, als ich Hildegard mit verweinten Augen vor mir sah.

„Leonie, es ist etwas Schreckliches passiert!" Hildegard konnte vor Aufregung kaum sprechen.

„Was ist denn los?" Ich hatte plötzlich Angst.

„Jonas ist auf dem Weg zu seinem Auto überfallen worden. Er ist sehr schwer verletzt. Er liegt im Koma!"

Das Letzte konnte ich kaum noch verstehen. Es rauschte in meinen Ohren. Ich dachte, dass ich ohnmächtig werden würde.

Hildegard schob mich ins Wohnzimmer und holte mir ein Glas Wasser.

„Ich muss zu ihm!" sagte ich und stand auf.

„Das geht nicht Leonie. Es darf jetzt keiner zu ihm. Er liegt auf der Intensivstation." Hildegard schluchzte.

„Was ist denn passiert?" Ich konnte das Alles gar nicht glauben.

„Die Polizei war vorhin bei uns. Er ist überfallen worden. Man hat ihm mit einem schweren Gegenstand auf den Kopf geschlagen und ausgeraubt. Sein Portemonnaie und sein Handy wurden gestohlen. Der oder die Täter sind dann mit seinem Auto geflohen! Man hat ihn einfach auf der Straße liegen lassen."

Hildegard zitterte am ganzen Körper.

„Das war wohl schon der dritte Überfall in diesem Jahr." sagte sie.

Ich hörte alles wie durch Watte. Ich wollte unbedingt zu Jonas.

„Leonie gebe mir bitte Deine Handynummer. Ich habe sie nicht, deshalb bin ich gleich zu Dir gelaufen. Ich muss jetzt wieder nach Hause zu Hinnerk.

Wir haben heute das Lokal geschlossen. Wenn wir etwas Neues erfahren, rufen wir Dich sofort an."

Als Hildegard gegangen war versuchte ich mich zu beruhigen. Es gelang mir aber nicht. Ich lief wie einer Tiger im Käfig im Haus hin und her.

Wer machte sowas? Einen Menschen zu überfallen und dann einfach liegen zu lassen.

Obwohl es schon kurz vor Mitternacht war rief ich Sarah an. Ich musste mit Jemanden sprechen.

Max ging verschlafen ans Telefon. Ich berichtete ihm was passiert ist. Er weckte Sarah, die sofort hellwach war, als sie hörte was geschehen war.

„Ich komme sofort zu Dir!" sagte sie. „Keine Widerrede. Du kannst jetzt nicht allein bleiben."

Eine Stunde später hielt Sarah vor dem Haus. Als ich öffnete nahm sie mich in die Arme.

Wir saßen die ganze Nacht in der Küche und versuchten das Ganze zu begreifen. Am frühen Morgen legten wir uns in mein Bett und schliefen ein paar Stunden. Ich war froh, dass Sarah bei mir war.

Ich wurde wach, weil das Telefon klingelte. Mit klopfenden Herzen meldete ich mich. Es war Hildegard, die mir nur sagen wollte, dass sie im Krankenhaus angerufen hatte. Jonas ging es unverändert.

„Wir dürfen heute kurz zu ihm. Hinnerk und ich haben als Eltern ein Besuchsrecht. Wir fragen aber, ob Du als seine Freundin auch zu ihm darfst!"

„Danke Hildegard! Ich muss ihn sehen. Ich werde sonst verrückt!"

Hildegard versprach mir sofort Bescheid zu geben.

Sarah war auch wach geworden. Sie hatte in der Zwischenzeit Kaffee gekocht.

„Könntest Du mich zum Krankenhaus fahren falls ich ihn besuchen darf. Ich kann mich nicht hinter das Steuer setzen. Ich bin viel zu aufgeregt!" fragte ich Sarah.

Sarah nickte. Sie streichelte über meine Hand.

„Natürlich! Ich bleibe heute bei Dir. Ich habe meine Termine verschoben."

Um mich abzulenken, schlug Sarah vor, einen Spaziergang zu machen. Zuhause fiel mir die Decke auf den Kopf. Ich nahm mein Handy mit, damit Hildegard mich erreichen konnte, falls es etwas Neues aus dem Krankenhaus gab.

Ich war mit meinen Gedanken immer bei Jonas, daran konnte auch der Spaziergang nicht ändern.

Sarah tat ihr Bestes, um mich auf andere Gedanken zu bringen. Sie erzählte Geschichten aus unserer Jugend. Wir hatten damals viel Blödsinn im Kopf. Die Schule geriet eine Zeitlang in den Hintergrund. Vor allem als wir in die Pubertät kamen. Da waren Jungen das Wichtigste. Ich musste lächeln, als ich daran dachte, dass ich auf dem Schulhof meinen ersten Kuss bekommen hatte.

Plötzlich klingelte mein Handy. Ich zitterte, als ich es aus der Jackentasche zog.

„Hier ist Hildegard. Hallo Leonie. Ich habe eben mit der Krankenschwester von der Intensivstation gesprochen. Du darfst Jonas heute auch kurz besuchen."

Ich war den Tränen nahe.

„Wie geht es Jonas denn? Ist er aufgewacht?"

„Leider noch nicht. Aber sein Zustand ist stabil. Ich habe dem Arzt vorhin gesagt, dass er Dir auch Auskunft geben darf", sagte Hildegard. „Nach der Visite um sechzehn Uhr darfst Du kurz auf die Station!"

Mir fiel ein Stein vom Herzen, dass ich Jonas wenigstens kurz sehen durfte.

„Danke Hildegard. Ich fahre gleich zum Krankenhaus."

Sarah schaute mich gespannt an nachdem ich das Gespräch beendet hatte.

„Du darfst zu Jonas? Soll ich Dich hinbringen?"

„Danke Sarah. Du bist die beste Freundin, die man sich wünschen kann. Aber fahr nach Hause.

Ich halte Dich auf dem Laufenden. Vielen Dank, dass Du für mich da bist!"

Wir umarmten uns. Dann nickte Sarah. Wir gingen zurück zum Haus. Ich wollte mich noch frisch machen, dann musste ich auch schon los.

Nachdem Sarah nach Hause gefahren war, duschte ich, zog mich um und fuhr zum Krankenhaus. Ich war furchtbar nervös.

Auf der Intensivstation musste ich mich erst ausweisen, dann führte man mich in einen Raum, wo mehrere Geräte unterschiedliche Geräusche machten. Jonas lag an Schläuche und Drähte angeschlossen im Bett. Er war ganz blass. Ich erschrak, als ich ihn so hilflos dort liegen sah.

„Wie geht es ihm? Gibt es Veränderungen?" fragte ich die Krankenschwester.

„Er ist stabil. Weiteres kann Ihnen später Dr. Winkelmann sagen. Sie nickte mir aufmunternd zu. „Er ist in einer halben Stunde wieder hier."

Ich setzte mich auf einen Stuhl neben das Bett. Ich streichelte über Jonas Hand.

„Hallo mein Schatz. Was ist denn passiert? Ich habe solche Angst um Dich. Ich liebe Dich!" sagte ich leise.

Von Jonas kam wie erwartet keine Reaktion. Er hatte einen Schlauch zur Beatmung im Mund. Auf seinem Körper klebten Elektroden. Um den Kopf hatte er einen Verband.

Nach einer gefühlten Ewigkeit legte plötzlich Jemand seine Hand auf meine Schulter. Ich erschrak und schaute hoch.

„Hallo, ich bin Dr. Winkelmann. Sie sind die Lebensgefährtin von Herrn Dieken?" sagte er leise.

„Hallo! Ich bin Leonie Hernandez. Seine Freundin! Können Sie mir etwas über seinen Zustand sagen?"

„Herr Dieken hat ein Schädel-Hirn-Traum, durch einen Schlag und den anschließenden Sturz auf die Straße. Er hatte großes Glück, dass man ihn so schnell gefunden hat. Zurzeit müssen wir ihn im künstlichen Koma halten, bis die Schwellung im Hirn nachlässt."

„Wie lange kann dieser Zustand dauern?" wollte ich wissen.

„Noch ein paar Tage. Ende der Woche machen wir noch einmal eine Computertomographie. Dann wissen wir mehr."

Ich schaute auf Jonas und fragte: „Kann er bleibende Schäden zurück behalten?"

„Das wissen wir noch nicht. Auch das kann man erst nach dem CT beantworten. Im Übrigen muss er dann auch noch von der Polizei befragt werden. Bisher weiß man wohl nur, dass in Bremerhaven eine Bande unterwegs ist, die bereits für zwei weitere Überfälle verantwortlich ist." Dr. Winkelmann schaute wütend.

„Danke für die Auskunft!" sagte ich. Ich wollte mich wieder setzen, aber der Arzt deutete auf seine Uhr. „Für heute ist es genug. Morgenvormittag kommen seine Eltern. Wollen Sie wieder am Nachmittag kommen?"

„Natürlich!" Ich nahm meine Tasche, streichelte Jonas über die Wange und verließ mit dem Arzt den Raum.

Als ich Zuhause die Tür aufschloss, fühlte ich mich unendlich traurig und allein. Ich wünschte, dass Jonas mich jetzt in den Arm nehmen würde und ich hatte Angst, dass ich ihn verlieren könnte.

Ich telefonierte noch mit Sarah und anschließend mit Hildegard. Dann ging ich erschöpft zu Bett. Ich hatte die Nacht zuvor kaum ein Auge zugemacht und fiel jetzt in einen traumlosen Schlaf.

Am nächsten Morgen erwachte ich sehr früh. Die Sonne ging gerade auf. Mit einer Tasse Kaffee und einer Decke um die Schulter setzte ich mich auf die Terrasse. Das Gezwitscher der Vögel und der leichte Wind beruhigten mich etwas. Es würde schon alles wieder gut werden.

Am Nachmittag fuhr ich wieder ins Krankenhaus. Jonas war nach wie vor nicht ansprechbar. Aber ich hoffte, dass er meine Nähe spüren konnte.

So verging die Woche. Am Freitag sollte dann die Computertomographie erfolgen. Als ich am Nachmittag auf die Station kam, sah ich wie Dr.

Winkelmann gerade aus dem Zimmer kam, in dem Jonas lag.

„Hallo Herr Doktor. Gibt es etwas Neues?" fragte ich. Mein Herz schlug bis zum Hals.

Dr. Winkelmann lächelte.

„Gute Nachrichten. Die Schwellung ist fast abgeklungen. Wir können Herrn Dieken jetzt langsam aufwachen lassen!"

Mir liefen Tränen der Erleichterung über die Wangen. Ich schluchzte: „ Vielen Dank! Ich bin so erleichtert!"

„Anfang nächster Woche werden wir dann sehen, ob die Schwellung des Hirns, Schäden hinterlassen haben!"

„Was könnte denn passieren?" fragte ich ängstlich.

„Es könnte Auswirkungen auf das Sprachzentrum oder die Mobilität haben. Im schlimmsten Falle wären es Symptome wie nach einem Schlaganfall!" Dr. Winkelmann schaute ernst.

Nein, dass durfte nicht sein. Mir wurde schlecht. Ich lief schnell auf den Flur und dann zur nächsten Toilette. Dort musste ich mich übergeben.

Mir zitterten die Knie. Ich trank etwas Wasser aus dem Hahn. Langsam beruhigte ich mich. Als ich wieder zurück in Jonas Zimmer kam, war Dr. Winkelmann wieder gegangen.

Ich setzte mich an Jonas Bett und sagte leise: „Mein Liebling! Alles wird gut. Du wirst wieder ganz gesund." Dann stand ich auf und küsste ihn auf die Stirn. Ich blieb noch ein paar Minuten, dann musste ich die Intensivstation wieder verlassen.

Am Abend bekam ich Besuch von Hildegard. Wir saßen auf der Terrasse und tranken Tee.

„Ich bin so erleichtert, dass Jonas aus dem Koma geholt wird. Das ist doch ein gutes Zeichen!" sagte Hildegard. „Ich wünschte, er hat alles gut verkraftet und keine bleibenden Schäden!"

Ich nickte. „Ich habe Angst, dass er etwas zurückbehalten wird. Der Arzt hat solche Andeutungen gemacht!"

„Denk positiv Leonie. Mach Dich nicht verrückt. Es wird alles gut werden!"

Irgendwie beruhigten mich Hildegards Worte.

Ich schenkte ihr noch etwas Tee nach, als sie plötzlich sagte.

„Ich denke, es ist jetzt an der Zeit, Dir Maries Geheimnis anzuvertrauen!"

Ich hob erstaunt den Kopf. Warum gerade jetzt?

„Möchtest Du erfahren, warum Marie nie geheiratet hat und warum Kinder ihr immer so wichtig waren?"

Ich nickte heftig.

„Natürlich, ich bin sehr gespannt!"

„Marie hat mir den Zeitpunkt, Dir alles zu erzählen, überlassen. Sie hat sich immer eine Tochter wie Dich gewünscht. Leider ist alles anders gekommen!"

Hildegard schaute traurig.

„Komm mal in die Küche!"

Wir gingen hinein. Hildegard nahm das Foto von Paul von der Wand. Dann zeigte sie auf die Eckbank. Wir setzten uns und sie begann zu erzählen.

„Marie und ich waren damals auf einer Tanzveranstaltung, in einer Scheune auf einem Hof, hier ganz in der Nähe.

An diesem Abend waren auch ein paar junge Männer dort, die an der Marineschule in Bremerhaven studierten. Unter ihnen war auch Paul. Ich hatte Marie ein paar Minuten aus den Augen verloren. Ich war damals schon mit Hinnerk zusammen. Wir hatten in einer Ecke gesessen und geknutscht!"

Hildegard lächelte bei dem Gedanken an früher.

„Als ich nach Marie schaute, saß sie mit Paul auf einer Bank. Die Beiden unterhielten sich angeregt. Später tanzten sie zusammen. Sie waren so ein schönes Paar. Marie hat mir später erzählt, dass Paul sie an dem Abend das erste Mal geküsst hatte. Sie waren so verliebt."

„Was ist danach passiert?" fragte ich. Ich wollte unbedingt erfahren wie es dann weiterging.

„Marie und Paul waren seit dem Abend unzertrennlich. Sie verbrachten jede freie Minute miteinander. Nach einem halben Jahr machte Paul dann Marie einen Heiratsantrag. Das war damals auch nötig, denn Marie war schwanger."

Ich schaute Hildegard fragend an.

„Zu dieser Zeit war es nicht wie heute. Unverheiratete Frauen, die ein Kind erwarteten, waren in der Gesellschaft nicht gut angesehen!"

Hildegard ging auf die Terrasse und holte unsere Teetassen. Ich schenkte uns Beiden nochmal ein.

„An dem Tag, als Paul bei Marie um ihre Hand anhielt, war sie abends noch bei mir. Ich habe sie nie zuvor so glücklich gesehen!

Und dann passierte das schreckliche Unglück! Am nächsten Wochenende konnte es Paul kaum erwarten Marie wieder zu sehen. Er fuhr mit seinem Motorrad viel zu schnell und ist in einer Kurve von der Fahrbahn abgekommen. Er ist gegen einen Baum gefahren und war auf der Stelle tot!"

„Oh mein Gott! Das ist ja unfassbar. Das muss ja für meine Tante die Hölle gewesen sein. Fast wie jetzt mit mir und Jonas."

Hildegard nickte. „Aber das war noch nicht alles. Durch den Schock, nach der Nachricht von Pauls Tod, hatte Marie eine Fehlgeburt. Sie hat ihr Baby verloren. Es wäre ein Mädchen gewesen!"

Hildegard hatte bei dem Gedanken Tränen in den Augen.

„Das ist ja alles furchtbar. Jetzt kann ich erst verstehen, warum sie später so gern mit Kindern zusammen war. Aber warum hat sie nie mehr geheiratet?"

„Sie hat Paul sehr geliebt. Kein anderer Mann, den sie später kennengelernt hat, hatte wirklich eine Chance. Irgendwann hatte sie sich an das Alleinsein gewöhnt", antwortete Hildegard. Sie hat sich immer auf die Ferien gefreut, wenn Du zu Besuch kamst und sie hat damals schon eins gewusst!" Hildegard schaute geheimnisvoll.

„Was denn?" Ich war sehr gespannt was jetzt kam.

„Sie hat immer schon gewusst, dass Du und Jonas einmal ein Paar sein werdet! Ich habe immer gelacht, wenn sie es mal wieder erwähnte. Jetzt ist es aber Wahrheit geworden. Es ist irgendwie unheimlich!"

„Unheimlich schön!" sagte ich. „Ich bin so glücklich mit Jonas. Ich hoffe es wird alles wieder gut!"

Hildegard nahm mich in den Arm.

„Du bist das Beste was Jonas passieren konnte. Nach der Trennung von seiner Frau war er am Boden zerstört. Aber durch Dich ist er sehr glücklich. Er hat es uns oft gesagt!"

Wir saßen noch lange zusammen. Ich war immer noch sehr berührt durch Maries Schicksal. Als

Hildegard gegangen war, nahm ich nochmal das Foto von Paul in die Hand. Ich hätte ihn gern kennengelernt. Ich hing das Foto wieder an seinen Platz. Dort gehörte es hin.

Am Dienstag war Jonas wach und ansprechbar. Nachdem Hildegard mich informiert hatte, fuhr ich sofort zum Krankenhaus.

Ich war wahnsinnig aufgeregt, als ich die Tür zu dem Zimmer öffnen wollte, in dem Jonas lag. Mir wurde wieder übel. Ich atmete ein paarmal tief durch, dann trat ich an Jonas Bett.

„Hallo mein Liebster!" flüsterte ich.

Jonas öffnete mühevoll die Augen. Dann lächelte er. Er wollte etwas sagen, konnte aber nicht. Das Sprechen fiel ihm noch schwer.

Ich setzte mich an sein Bett. Wir hielten uns an den Händen. Zwischendurch fielen Jonas immer wieder die Augen zu.

Dr. Winkelmann kam in den Raum.

„Geben sie Herrn Dieken etwas Zeit. Ich bin aber sehr zuversichtlich, dass er wieder ganz gesund wird. Die Tests waren alle sehr vielversprechend!" sagte er.

In diesem Moment wäre ich ihm am liebsten um den Hals gefallen.

„Danke Herr Doktor. Sie glauben nicht, wie erleichtert ich bin!"

Dr. Winkelmann legte seine Hand auf meine Schulter und nickte. Dann ließ er uns wieder allein.

Jonas ging es von Tag zu Tag besser. Er wurde auf eine andere Station verlegt. Dort durften wir ihn auch öfter besuchen. So langsam kam seine Erinnerung an den Abend des Überfalls zurück.

„Wie ist es denn passiert?" wollte ich wissen. Ich hatte bisher nicht gefragt, weil ich Jonas nicht aufregen wollte. Aber er fing von allein an darüber zu sprechen.

„Ich kann mich noch daran erinnern, dass ich aus der Kanzlei kam und auf dem Weg zum

Parkplatz war. Ein junger Mann hat mich, als ich das Auto aufschließen wollte, nach Feuer gefragt. Ich habe ihm gesagt, dass ich nicht rauche, da riss er mich zur Seite. Der Autoschlüssel fiel zu Boden. Ich wollte mich danach bücken, da traf mich ein Schlag auf den Kopf. Danach weiß ich nichts mehr."

Er hielt sich den Kopf und stöhnte bei dem Gedanken an den Schlag.

„Die Polizei war auch schon hier. Man hat mir gesagt, dass man davon ausgeht, dass es zwei Täter waren. Man hat schon einen Verdacht. Bei den anderen Überfällen lief es ähnlich. Die Opfer wurden ausgeraubt und die Autos gestohlen!"

„Ich hoffe man findet die Täter und sie werden weggesperrt!" antwortete ich voller Wut.

„Ich hatte großes Glück, dass ein junges Pärchen mich gefunden hat und direkt den Notarzt gerufen hat."

Ich stand auf und küsste Jonas lange.

„Ich bin so froh, dass alles doch noch gut ausgegangen ist. Du glaubst gar nicht, was ich für Angst um Dich hatte."

„Ich kann es auch kaum erwarten, dass ich wieder nach Hause darf. Ich liebe Dich und will jede Minute mit Dir verbringen. Es kann so schnell vorbei sein."

Ich musste an meine Tante und Paul denken. Jonas hatte Recht. Das Schicksal hatte es bei uns gut gemeint.

Am Abend kochte ich mir meine Lieblingsnudeln. Als ich mich an den Tisch setzte hatte ich plötzlich keinen Hunger mehr. Mir war übel.

Die Übelkeit wurde in den nächsten Tagen immer schlimmer. Ich hatte wahrscheinlich durch die Aufregung der letzten Zeit ein Problem mit dem Magen. Da es nicht besser wurde machte ich einen Termin bei einem Arzt in Bremerhaven. Nach meinem Besuch bei Jonas im Krankenhaus fuhr ich anschließend zu einer Praxis in der Innenstadt.

Der Arzt untersuchte mich gründlich, dann fragte er: „Wann hatten Sie denn Ihre letzte Periode?"

In diesem Moment fiel es mir ein. Ich war lange überfällig. Durch die Angst um Jonas hatte ich es völlig verdrängt.

„Ich gebe Ihnen mal eine Überweisung zu einem Frauenarzt. Sie sollten dort einen Schwangerschaftstest machen lassen!"

Er rief bei einem Kollegen an. Ich bekam gleich einen Termin und fuhr anschließend gleich hin.

Ich war so aufgeregt, dass ich fast einen Unfall hatte.

In der Arztpraxis erwartete man mich schon. Eine Mitarbeiterin brachte mich in den Untersuchungsraum. Mein Herz klopfte wie wild.

Der Frauenarzt war sehr nett. Er beruhigte mich und machte eine Ultraschalluntersuchung. Dann lächelte er.

„Sie sind schwanger Frau Hernandez! Es ist noch früh, aber man kann doch schon etwas erkennen. Herzlichen Glückwunsch!"

Ich konnte es nicht fassen. Ich bekam ein Baby. Jonas und ich werden Eltern. Das war ein so großes Glück. Ich hoffte, dass Jonas sich auch freuen würde. Wir hatten bisher nicht über Kinder gesprochen.

Am liebsten hätte ich Jonas gleich die Nachricht überbracht. Ich wollte ihn aber nicht aufregen. Also fuhr ich nach Hause und rief gleich Sarah an.

„Leonie! Das ist ja wunderbar. Ich freue mich so für Euch. Weiß es Jonas schon?" Ich konnte Sarah die Freude und Aufregung anmerken.

„Ich werde es ihm erst sagen, wenn er wieder Zuhause ist. Er soll erst wieder ganz gesund sein!"

Nachdem ich mit Sarah gesprochen hatte, musste ich mich etwas ausruhen. Ich war müde und glücklich zugleich. Ich legte mich im Garten auf eine Liege und streichelte über meinen Bauch. Es überkam mich ein wahnsinniges Glücksgefühl. In ein paar Monaten würde ich ein Baby im Arm halten.

In diesem Moment musste ich an meine Tante denken. Auch sie musste sich damals so gefühlt haben, als sie schwanger war. Aber was mich immer noch nachdenklich machte, war die Tatsache, dass sie gefühlt hatte, dass Jonas und ich einmal ein Paar werden würden.

„Es tut mir unendlich leid, was Dir und Paul wiederfahren ist. Erst jetzt weiß ich, wie man sich fühlt, wenn die große Liebe in Gefahr ist oder stirbt.

Das Du auch noch Dein Baby verloren hast, war ein furchtbarer Schicksalsschlag. Ich kann verstehen, dass Du danach allein bleiben wolltest. Ich möchte Dir danken, dass ich in Deinem Haus leben und glücklich sein darf!"

Diese Gedanken schickte ich an meine Tante bevor ich einschlief.

Ich wurde wach, weil mir kalt war. Ich stand auf und ging ins Haus. Ich überlegte, ob ich meine Eltern anrufen sollte, entschied mich dann aber dagegen. Ich hatte sie über Jonas Zustand und seine Genesung schon informiert. Dass sie bald Großeltern werden würden, wollte ich Ihnen erst sagen, wenn ich selbst sicher war, dass alles gut ging. Auch Hildegard und Hinnerk mussten noch etwas warten, bis ich sie informierte.

In der nächsten Woche durfte Jonas nach Hause. Ich holte ihn ab. Wir fuhren zu mir, vorher holten wir noch ein paar Kleidungsstücke aus seinem Haus.

Ich hatte im Garten schon zwei Liegen in die Sonne gestellt.

Jonas legte sich auch gleich hin, er war noch sehr erschöpft. Ich kochte uns einen Kaffee und brachte das Tablet mit den Tassen und der Kanne in den Garten. Ich schob einen kleinen runden Tisch zwischen die Liegestühle und schüttete den Kaffee ein. Dann reichte ich Jonas eine Tasse.

„Ich bin so glücklich, dass ich Dich wieder bei mir habe!" sagte ich.

Jonas lächelte und antwortete: „Ich konnte es heute kaum erwarten, dass Du mich abholst. Endlich sind wir wieder zusammen."

Jonas erholte sich langsam. Nach ein paar Tagen brachte ich ihn zu seiner Kanzlei. Hier war viel liegen geblieben. Frau Scheffler, eine Sekretärin, hatte Termine verschoben und wichtige Unterlagen an einen Kollegen von Jonas weitergereicht. Jonas ordnete ein paar Dinge und unterschrieb Dokumente, die Frau Scheffler in einer Mappe gesammelt hatte. Zur mehr fehlte ihm noch die Kraft.

Als wie wieder am Haus angekommen waren, sahen wir, dass die Polizei auf uns wartete.

Ich bat die Beamten ins Haus. Sie wollten sich nicht lange aufhalten und uns nur mitteilen, dass man Jonas Auto gefunden hatte. Es war von der Spurensicherung untersucht worden. Jonas konnte es am nächsten Tag abholen.

„Wir haben einen der Täter gestern festgenommen. Es handelt sich um einen Wiederholungstäter. So wie wir es vermutet hatten. Wir hoffen, dass er uns noch seinen Komplizen nennt!" sagte einer der Polizisten.

Jonas bedankte sich bei den Beamten und atmete auf.

„Ich bin froh, dass wenigstens einer der Verbrecher geschnappt wurde." Er war sichtlich erleichtert.

„Möchtest Du ein Glas Sekt zur Feier des Tages?" fragte er mich.

„Ich würde gern mit Dir anstoßen, denn es gibt noch etwas zu feiern!" antwortete ich. „Nur Sekt darf ich nicht trinken!"

Jonas schaute mich ein paar Sekunden fragend an, dann kam er auf mich zu und fragte stotternd: „Du meinst Du darfst nichts trinken, weil Du schwanger bist?"

Ich nickte. Noch bevor ich etwas erwidern konnte, nahm Jonas mich in den Arm und jubelte laut.

„Ich kann es nicht glauben! Wir werden Eltern! Seit wann weißt Du es denn?" wollte er wissen.

„Ich weiß es schon eine Weile. Ich wollte Dich aber nicht aufregen, als es Dir noch so schlecht ging. Ich habe morgen wieder einen Termin beim Frauenarzt. Möchtest Du mitkommen?"

„Was für eine Frage. Natürlich komme ich mit."

Jonas war ganz aus dem Häuschen. Er lief um mich herum, fragte dauernd ob es mir gut ginge und achtete darauf, dass ich mich nicht überanstrengte.

„Pass Du lieber auf Dich auf!" sagte ich. „Du sollst Dich noch schonen. Mir geht es gut!"

Als wir abends im Bett lagen, erzählte ich Jonas was ich von seiner Mutter über meine Tante erfahren hatte.

„Das haben wir alle nicht gewusst. Meine Mutter hat ihr Versprechen lange gehalten.

Das mit Deiner Tante tut mir sehr leid. Ich habe immer gespürt, dass sie ein Geheimnis hatte." flüsterte Jonas. Dann küsste er mich lange.

„Wir werden immer aufeinander aufpassen. Das musst Du mir versprechen!" sagte er dann.

Ich nickte und dann war ich auch schon in seinem Arm eingeschlafen.

Als meine Schwangerschaft nicht mehr zu übersehen war, wurde es Zeit Hildegard und Hinnerk die Neuigkeit zu erzählen. Auch meine Eltern rief ich an.

Alle waren aus dem Häuschen. Hildegard ließ mich nicht mehr aus den Augen. Sie bemutterte mich und nahm mir alle schweren Dinge ab. Ich hatte viel Zeit zu arbeiten oder mich auf die Geburt vorzubereiten.

An Weihnachten wollten meine Eltern nach Deutschland kommen. Dann wollten wir gemeinsam feiern. Wir wussten, dass wir eine Tochter bekommen würden. Jonas hatte bereits das ehemalige Gästezimmer in ein Kinderzimmer verwandelt. Wir hatten nie darüber gesprochen, aber für Jonas war es klar, dass wir in meinem Haus hinter dem Deich wohnen würden.

Als wir eines Abends im Wohnzimmer auf der Couch lagen, streichelte Jonas über meinen Bauch und sagte: „Ich glaube es ist an der Zeit die magischen Worte zu sagen!"

Ich schaute ihn fragend an.

Jonas erhob sich und griff in seine Hosentasche. Er zog eine kleine Schatulle heraus und reichte sie mir mit den Worten: „Leonie, ich liebe Dich so sehr. Willst Du meine Frau werden?"

Ich nickte und rieb über meinen Bauch. „Wir sagen ja!" antwortete ich.

Weihachten kamen dann meine Eltern. Wir feierten zusammen mit Hildegard und Hinnerk im *Wattwurm*. Das Lokal war natürlich geschlossen. Hinnerk ließ es sich aber nicht nehmen für uns alle zu kochen.

Es wurde ein wunderschönes Weihnachtsfest. Als ich Hildegard half, dass Geschirr in die Küche zu tragen, bekam ich plötzlich heftige Schmerzen. Ich hatte Wehen und dann ging alles ganz schnell.

Jonas brachte mich ins Krankenhaus und eine Stunde später erblickte unsere Tochter an Heiligabend das Licht der Welt.

„Das ist das schönste Geschenk, das Du mir machen konntest!" sagte Jonas. Er hielt unsere Tochter auf dem Arm und konnte sich gar nicht sattsehen. Auf einen Namen hatten wir uns schon lange geeinigt.

Unsere Tochter sollte Marie heißen! Das hätte meiner Tante gefallen.

Bibliografische Information der Deutschen Nationalbibliothek: Die Deutsche Nationalbibliothek verzeichnet diese Publikation in der Deutschen Nationalbibliografie; detaillierte bibliografische Daten sind im Internet über dnb.dnb.de abrufbar.

© 2021 Ira Fay
Herstellung und Verlag: BoD – Books on Demand, Norderstedt
ISBN: 9783753477107